EL
HOLOGRAMA

Darío J. Borgeat

Diseño de tapa: Carlos Bottero

ISBN 978-987-33-8588-9

Hecho el depósito que marca la ley 11.723 de Argentina

Para Ana María Borgeat,
mi adorada madre

PRÓLOGO

Claudio María Domínguez

En muchas ocasiones se acercan autores con sus libros a las charlas o a los programas y me piden si puedo leerlos y si me agradasen, o viese elementos valiosos en ellos, hacerles el prólogo. Al instante digo que sí, porque si alguien siente que mi opinión podría servirle, pongo ese granito de arena para estimularlo en la publicación de su obra, pero aclarándole que aunque no me cautivara, él no debería dejar que eso le quitara el espíritu elianico y evitar que otros muchos accedieran a su obra.

Debo ser medio indulgente, porque prácticamente todas las obras que he recibido, me gustan genuinamente o al menos veo momentos de gran interés que me entusiasman al escribir sus prólogos.

Esto mismo le dije a Darío Javier Borgeat, quien con mucha humildad y nobleza a flor de piel, me contó a la salida de mi programa de Radio 10, que me seguía de los encuentros públicos y que se animaba a traerme su creación, con un título desde ya bien atractivo: "El holograma".

La grata sorpresa para mí, después de haber leído su obra, es la cálida, y hermosa impresión que me dejó, pero no por su elucubración extrema de las profundidades del ser, o por llevar la metafísica a alturas aun mas cuánticas, sino todo lo contrario y lo digo como un gran mérito. Es una obra simple y entrañable, popular en el sentido luminoso de la palabra, que puede ayudar a tantos a captar la ley de atracción, del merecimiento, del logro de cambio de vida, en su sentido más puro y efectivo. Así le sucede al protagonista de este relato de la tierra, del pueblo, del interior, del campo, que aspira a más, a mucho más, que las aparentes condiciones, a las que la sociedad nos relega, y sabe que en su interior está la magia para generar un nuevo capítulo cada día distinto y mejor al anterior.

Así pasa en la novela de Darío, cada capítulo se supera en conceptos y nos va llevando a esos clímax del holograma que todos merecemos y que en un punto somos. El Yo superior se expresa y hace que el ego y la personalidad se alineen y eleven.

¿Todos pueden lograrlo?

Desde ya, solo que pocos tienen la grandeza o la conciencia de planteárselo siquiera, y más pocos aun la constancia para lograrlo, o la percepción de que son seres divinos viviendo una experiencia humana. Somos Seres de luz que nacimos para ser felices y es casi un insulto a la existencia, no lograrlo aquí y ahora.

Sin develar instancias argumentarles, quiero decir, que todos nos reconocemos o vemos a nuestros seres queridos y conocidos, plasmados en los personajes de la historia, y además estamos esperando junto a ellos con anhelo la concreción de lo que sentimos que merecemos y ya no podemos posponer nunca más, y bien que el universo con la sabiduría de su energía sin tiempo ni espacio, se ocupa de precipitar aquello que de un modo u otro estamos aptos para recibir.

Ya es momento de comprender que somos nuestros mejores amigos o nuestros peores enemigos, y que eso vira, muda en un instante y ya no podemos escapar más de nosotros mismos. El Ser siempre se va a valer de cuanta circunstancia esté a su alcance para enfrentarnos a nuestras posibilidades ilimitadas de despertar a una realidad superior, que siempre está sucediéndonos aquí y ahora.

Bienvenidas paginas como las de *El holograma* que hacen que esta temática se comprenda con simpleza, fluyendo, con el ritmo de la naturaleza tan sanadora y con el corazón abierto de sus personajes, desde el héroe central, a los muchos y encantadores que van acompañando su paso por el pueblo, o por la evolución de este paso por el planeta.

Preciosa historia, que se lee con encanto y con un cierto suspenso. Todos queremos estar ahí y que nos sucedan esos milagros, hasta llegar a sentir que son nuestra más clara esencia. Somos eso que estamos deseando y ya aprendemos a plasmarlo en esta otra aparente realidad, un holograma mas del autentico creador.

Que la disfruten tanto como yo, genios loquitos brillantes del alma.

Gracias Darío por tu talento.

Gracias por existir.

Claudio.

Si hay algo que debemos saber…
Es que no estamos solos.
De hecho nunca lo estuvimos,
sólo que no nos habíamos dado cuenta…
Hasta ahora.

I

Eran los días más cálidos que se pudieran recordar hasta ese momento, en la extensa llanura pampeana y el pueblo padecía la sequía más severa de toda su historia. Podía verse en el rostro preocupado de la gente lo que estaba sucediendo. Aquellos no eran tiempos fáciles y el campo sufría los contratiempos del clima. Los animales, agobiados, intentaban encontrar una pizca de sombra que los protegiera del incansable sol, que no dejaba de brillar y de subir las altas temperaturas que tanto asediaban a dicho pueblo. El ganado sufría importantes bajas, pérdidas muy grandes para aquellos campesinos que no encontraban manera alguna de resguardarlo. Tampoco podían abastecer las cantidades necesarias de agua, ya que hacía mucho tiempo no llovía. Los campos estaban secos y amarillos, tan amarillo como el sol radiante. La cosecha de grano de ese año tampoco sería buena.

La agricultura era sin dudas la actividad más importante que el pueblo tenía; si bien no era la única, toda su estructura se basaba en ella. Desde lo económico, era la principal fuente de ingresos, por lo tanto, si al campo le iba bien, al pueblo entero le iría bien. Pero por el contrario, si al campo le iba mal, también era el pueblo entero quien lo sufriría.

Sin embargo, entre sus habitantes se respiraban aires de esperanza. Tal es así que, a pesar de los contratiempos del clima, al pasar por la casa de doña Juana se podía sentir un rico aroma a tortas fritas, que acompañadas con mate, invitaban a pasar una tarde agradable y en familia. O en casa de Ana, quien continuaba elaborando ese dulce de leche casero como sólo ella sabía preparar. Mientras los hombres, montados a sus caballos, continuaban trabajando en las duras tareas del campo.

Al llegar a sus casas, rápidamente cambiaban sus ánimos agobiados por las duras tareas acrecentadas en ese momento por las inclemencias del tiempo, a un estado de regocijo y alegría que seguía existiendo en sus hogares.

Enrique, el muchacho más guapo del pueblo, abría la puerta de su casa:

—¡Hola vieja, cómo estás!

—¡Hola hijo! —respondió Ana mientras continuaba revolviendo con su cuchara de madera ese dulce de leche que desprendía un aroma tan especial como el amor que ella le ponía a todo lo que hacía.

—¿Cómo te fue hoy? —le preguntó.

—Más o menos… —contestó Enrique, mientras acariciaba a su hermosa gata llamada Nikita, y no queriendo dar demasiados detalles de la dura realidad que sufría el campo.

—Sé que son tiempos difíciles —contestó Ana, dándose cuenta de la evasiva respuesta de su hijo. Pero hay que sobrellevarlo de la mejor manera, con toda la fe y esperanza, ya que los tiempos cambian y seguramente todo va a mejorar pronto.

Rápidamente se desprendió una sonrisa del rostro de Enrique llena de ternura y cariño luego de escuchar las palabras de su madre y respondió:

—Claro que sí, luego de escucharte con tanta certeza, ya siento que todo va a mejorar, contestó Enrique.

—¿Tomamos unos mates? —preguntó Ana, con una sonrisa dibujada en su rostro, la cual hacía imposible decirle que no.

—Claro, pon la pava mientras me cambio y bajo en seguida.

Enrique se dirigió hacia su cuarto, al mismo tiempo lo hizo Nikita con su cuerpo delgado y esbelto, lo siguió como las ovejas siguen a su pastor, y con una mirada de profundo amor y admiración hacia él, como pocas veces se ve en un animal.

La conexión entre ellos era muy fuerte y la belleza de Nikita también era única en todo el pueblo.

La gatita de catorce años de edad, con todo su encanto, espíritu de juventud eterna, destreza y su mirada felina, colmaba de magia ese hogar., Que a pesar de ser uno más del pueblo se destacaba por el amor y la armonía que existía entre sus integrantes.

II

Luego de tomar mates, Enrique se dirigió hacia la casa de don Tomás, un viejo muy querido en el pueblo y muy amigo de él, con quien jugaba a las cartas todos los jueves sin excepción alguna.

—¡Pensé que no venías!

—Cómo no voy a venir, las partidas de trucos son sagradas para nosotros, nunca falté a ninguna., Solo se me hizo un poco tarde —explicó Enrique

—Está bien —contestó el viejo, cerró la puerta y fue inmediatamente a su estantería de roble a buscar una botella de vino tinto para disfrutar con el muchacho.

Don Tomás era como un consejero para él, podía verse en sus ojos la sabiduría que llevaba consigo, aquel viejo había vivido muchos años, pero no solo eso, había transitado su paso por este mundo intensamente, lleno de historias y experiencias que a lo largo de las noches, le contaría a su amigo.

Para Enrique ir a jugar a las cartas con su viejo amigo no era solo una manera de compartir y divertirse, sino que era un aprendizaje acelerado, acerca de la vida y de las cosas que en ella transcurren.

"Es un libro abierto", pensaba el muchacho.

Es que para recibir un consejo, éste no sólo tiene que provenir de alguien que te conozca o te quiera mucho, sino que también tiene que venir de parte de alguien experimentado, alguien que haya transitado por la misma situación o similar, y en este caso el viejo cumplía con todos los requisitos.

Rápidamente comenzaron con la partida de truco. Enrique comenzó ganando los primeros tantos, aunque nada estaba definido todavía.

—Vieji (así lo llamaba cariñosamente), ¿No vamos a comer nada? —preguntó.... mientras frotaba sus manos ligeramente

—Claro que sí, estuve amasando pan casero por la tarde y tengo todos los ingredientes listos para comenzar a preparar un guiso, que te vas a chupar los dedos

—¡¡Qué bueno!! —exclamó, y siguió frotando sus manos.

Así como para el muchacho era muy importante pasar tiempo con su amigo, también lo era para don Tomás, que si bien tenía mucha sabiduría y experiencia, no le servían de nada si no tenía con quien compartirlas. Es que si bien era muy querido por la gente de todo el pueblo, llevaba una vida muy solitaria, y para él la noche del jueves era su preferida de toda la semana.

El viejo era una persona muy pensante, nunca saldría una palabra de su boca sin antes haberla meditado. Lo miró fijo y le dijo:

—¡Qué te anda pasando!

—Nada —respondió el muchacho sabiendo que no podría engañar a su amigo

—En tu mirada noto mucha preocupación

—Es que las cosas en el campo no andan bien, la sequía está arrasando con la cosecha entera y va a llevar un tiempo largo reponerse cuando esto acabe.

—Sí, lo sé… —respondió el viejo. Todo el pueblo anda preocupado por eso, los que trabajan en el campo y los que no también. Recuerdo cuando era niño hubo una época similar a esta donde todo parecía perderse, yo era muy chico pero veía en la mirada de la gente del pueblo, la desazón de sentir que todo se estaba perdiendo, es la misma mirada que vuelvo a ver ahora en la gente que me rodea, y es la misma que veo en vos, Enrique.

—¿Y qué sucedió…? , ¿Cómo pudieron solucionarlo…? , ¿Cuánto duró…? —comenzó a preguntar el muchacho.

—Duró lo que tenía que durar…

Don Tomás se levantó de la silla y se puso a cortar cebollas para preparar el guiso que le había prometido.

El muchacho se quedó pensando, tratando de descifrar lo que el viejo le había dicho.

III

De repente alguien golpeó la puerta…

—Toc, Toc, Toc,

—¿Quién es…? —preguntó don Tomás

—¡Soy yo, Alberto!

—¿Le abres la puerta? —dijo don Tomás, mientras continuaba con la preparación del guiso.

Alberto era un vecino de don Tomás al que no le gustaba mucho el trabajo, y sí le gustaba demasiado la bebida.

—¡¡Buenas!! —saludó Alberto

—¡¡Buenas!! —contestaron a dúo

—Llegué justo parece

—Para mí, sentiste el olor —replicó el viejo.

Y seguido de eso remató Enrique…

—O estabas espiando detrás de la puerta.

—Ja, ja, ja, ja —rieron los tres a carcajadas.

Alberto, si bien tenía sus defectos bien marcados, era una buena persona y muy querido por ellos.

—Siéntate que pongo un plato más para ti —dijo don Tomás

—No, no, si estaban por comer me voy... —manifiesto Alberto haciendo la parodia del artista.

—Siéntate, deja de presumir —le dijo don Tomás

—Donde comen dos, comen tres —agregó Enrique

—Sí, y además siempre eres bienvenido en esta casa, continuó el viejo

—¡¡¡Gracias!!! , ¿Y qué hay para tomar?

El muchacho miró al viejo y con una sonrisa cómplice respondió...

—Agua mineral

—¡Nooooo! No puedo tomar eso, me hace mal

—¿Cómo te va a hacer mal si es agua?

—Me oxida las tripas, además la mezcla de bebidas no es buena y yo ya estuve tomando unos vinitos.

Era fácil darse cuenta que en verdad había estado bebiendo por su aspecto en general, su rostro de color rojizo y ese caminar único en alguien que estuvo bebiendo en forma desconsiderada.

—Unos cuantos, por lo que veo —comentó Enrique.

Y otra vez comenzaron a reírse a carcajadas...

Alberto era todo un personaje y se divertirían durante horas conversando los tres. Cualquiera que transitase por el lugar se daría cuenta que en esa casa la estaban pasando bien, ya que las risas se escuchaban desde muy lejos.

IV

Unas horas después…

—Bueno, yo me voy a ir yendo, porque mañana me tengo que levantar temprano —dijo Enrique mientras estiraba sus brazos.

—Sí, ya es hora de ir a dormir —agregó don Tomás mientras enfiló hacia la puerta

—Gracias por todo viejo, gracias Enrique, espero no haber molestado, yo sé que ustedes se juntan todos los jueves y no era mi intención interrumpirlos.

—Para nada —dijo Enrique—. A propósito, ¿Te gustaría hacer una changuita? (Trabajo transitorio)

—Como sabrás, no es un momento bueno para el campo pero sin embargo siempre hay algo para hacer.

—¡¿Qué tengo que hacer?! —respondió Alberto entusiasmado

—Hay que reparar varios metros de alambrado, clavar postes, esas cosas.

—¡Noooo, amigo! mire si me lastimo las manos, yo soy músico —de repente lo trató de usted, como una manera cariñosa de expresarse y que él en ciertas ocasiones utilizaba.

—Ja, ja, ja, rápidamente volvieron las carcajadas

—¿Cómo músico?, ¡si ni siquiera tienes instrumento!

—Es que lo vendí hace un tiempo, pero en cuanto tenga unos pesos lo voy a volver a comprar.

—Y cómo lo vas a volver a comprar si te estoy ofreciendo un trabajo y no lo quieres aceptar —exclamó Enrique

—Es que es un trabajo muy pesado, yo estoy para otra cosa, vio (volvió la expresión)

Así era Alberto, tan divertido y tan vago como pocos; pero era alguien que sabía ganarse el corazón y la confianza de la gente que lo rodeaba, por su honestidad y forma de ser (ese no se qué...) que tienen algunas personas cautivadoras desde un primer momento. Es por eso que sus vecinos y amigos le abrían las puertas de sus casas para brindarle un plato de comida.

—¡Hasta mañana!

—¡Hasta mañana! —respondieron, se saludaron con un fuerte abrazo y cada uno se dirigió hacia su cercana casa.

V

El pueblo era muy tranquilo, por las noches apenas si se escuchaban ladridos de perros, sonidos de grillos y sapos que casi nunca se los veía pero a través de sus voces y entusiasmo hacían notar que no cesarían de manifestarse durante toda la noche.

También podían verse las cautivadoras luces en movimiento que tanto alegra la vista de cualquier persona que las contemple, sean o no oriundas del lugar, danzando cómo si pertenecieran a un ballet artístico. Ellas son las increíbles luciérnagas, conocidas por la gente del campo como *"Bichitos de luz"*. Que danzan brindando un espectáculo gratuito, por el cual muchas personas pagarían una entrada para verlas, y aunque éstas lo ofrecen de manera gratuita, no todos tienen oportunidad de ver.

El cielo, con un sinfín de estrellas, lograba el contraste perfecto para que la visual fuera perfecta.

"El encuentro se presentó distinto" pensó el muchacho. Más allá de haberse divertido y mucho con el loco Alberto, no fue una noche llena de consejos como otras en donde el viejo desplegaba todo su conocimiento y ponía sobre la mesa toda su experiencia que tanto lo cautivaba. De todas maneras *"Las noches se presentan distintas unas de otras"* pensó. *"Y seguramente van a haber muchas otras noches de jueves más, donde poder indagar y aprender del viejo".*

VI

Al día siguiente todo fue muy cotidiano, sonó el despertador, se levantó, se lavó la cara y los dientes. Desayunó, se cambió, tomó su bicicleta y se fue a trabajar.

Ya por la mañana temprano el sol brillaba muy fuerte, las temperaturas eran muy altas y esto recién empezaba, hacia el mediodía la situación se pondría más dura. De todas maneras la gente del pueblo poco a poco iba saliendo de sus casas para comenzar con sus tareas habituales.

—¡Hola Yoly! —saludó Enrique a una amiga de su madre y de la familia, que vivía a pocas cuadras del trabajo

—¡¡Hola querido, como estás!! —respondió

—Bien Yoli, yendo a trabajar, por ahora no queda otra —comentó como para entablar una pequeña charla cordial.

—Sí, es verdad —respondió— por ahora hay que trabajar, encima con esta calor…

—Está terrible, ¿no?

—¡Ay! Es un desastre, Enrique, yo no sé cuántos grados van a hacer hoy

—Yo tampoco, mejor no saberlo, de lo contrario no voy a tener ganas de trabajar

—Sí, es verdad, hay que pensar en otra cosa.

—Bueno, chau Yoli, voy a seguir pedaleando, así no se me hace tarde —se despidió Enrique.

—¡Chau Querido! Suerte que sigas bien, saludos a tu mamá —gritó mientras éste se iba.

—¡Gracias! —se escuchó de lejos.

VII

Siguió camino a su trabajo mientras reflexionaba. *"Qué buena gente hay en este pueblo, tengo mucha suerte de vivir en él, cada una de las personas que lo integran, mis amigos, mi madre, mis vecinos, todos ellos son especiales para mí".* *"Quizás en otros pueblos también la gente sea especial, pero yo siento que el mío es único"* —refiriéndose al pueblo como si fuera propio.

Tal vez el pueblo era tan sólo uno más entre tantos otros, sin embargo quien sería especial era Enrique. El lograba que todo se viera de esa manera. Podía ver el vaso *"Medio lleno"*, cuando en él no había ni si quiera una sola gota.

Lograba apreciar las cosas de diferente manera que el resto de las personas.

Donde alguien veía una casa, él veía un hogar.

Donde alguien veía un niño, él veía futuro.

Donde alguien veía agua, él veía vida.

Como si se adelantara un paso al significado de las cosas, como si simplemente pudiera apreciar la vida de otra manera.

Nunca nada le hacía borrar la sonrisa en su rostro, era como automática, como si su madre la hubiera dibujado en él al nacer y ahí se quedara por siempre. Bastaba con sólo contarle algo apenas gracioso para que ésta apareciera y se quedara ahí clavada, invitando a que otras como ellas se sumaran y compartiesen la misma alegría y felicidad que estas saben traer.

Enrique, cargado de optimismo, podía contagiar y transmitir su energía a quienes lo rodeaban, por eso es que nunca estaba sólo. Siempre se lo encontraba rodeado de amigos con quienes compartía muchas horas disfrutando de su juventud, pero por sobre todas las cosas, su persona en sí, ya era una gran compañía, incluso para sí mismo. Quien logre tener esta cualidad, jamás estará sólo, ni siquiera encontrándose en el más grande y solitario de los desiertos.

Sus ojos color miel, en cambio, hacían notar otra cosa, como si hubiera algún tipo de tristeza escondida en su interior. O quién sabe, algún sueño sin cumplir, o tal vez un pesar por aquella mujer que quiso y no lo pudo querer.

El muchacho tendría cierta pena que guardaba en lo más profundo de su interior y sólo aquel que tuviese la capacidad de ver a través de los ojos, de la mirada, podría notarlo, ya que como se dice, los ojos son el *"Reflejo del alma"*.

De todas maneras no es una lectura fácil de leer, ya que se requiere la capacidad de ser muy observador y detallista para percibir a través de los ojos o la mirada, lo que sucede en lo más profundo del alma de otra persona.

Sólo el viejo don Tomás, su madre y tal vez Nikita podían leer cierta lectura en el interior del muchacho. Es que Enrique era tan alegre que difícilmente alguien pudiera notar lo contrario.

VIII

Le había tocado, como a veces sucede con los caprichos del destino, quedarse sin padre desde muy pequeño. Su madre y su inmenso amor hicieron todo lo posible para darle la posibilidad de que estudiase y así tuviera el mejor de los futuros posibles.

Enrique, al notar el gran esfuerzo que hacía su madre por pagar los estudios y mantener su casa, con tan sólo catorce años decidió Ir a trabajar para poder ayudarla y así entre los dos poder sacar adelante las cuestiones hogareñas.

Ana no estaba para nada contenta con que el muchacho trabajase desde temprana edad, pero éste no iba a permitir que su madre trabajase doce horas (y a veces más) para llevar un plato de comida a la casa. Es por eso que por más cansado que estuviese, no se lo haría notar, para que ella no se angustiara.

Ana trabajaba en talleres de costura y la paga era muy mala, es por eso que algunas veces llevaba trabajo a su casa o confeccionaba y arreglaba prendas para la gente del pueblo y así poder generar un dinero extra. De ahí que Enrique desde muy chico aprendió lo que significa el esfuerzo por el trabajo, el ganar dinero honradamente, el cuidar y valorar los objetos que tanto cuestan comprar, pero por sobre todas las cosas aprendió a conservar esa humildad que lo caracterizaba, ya que es la misma humildad con la que había sido criado.

IX

Regresó del trabajo a última hora de la tarde, en vez de ir hacia su casa prefirió antes pasar por lo de su mejor amigo llamado Cachilo, con el que se conocían desde la infancia.

Se criaron juntos, fueron al mismo colegio, y seguían compartiendo esa linda amistad que solían tener. Apenas se llevaban dos meses de diferencia, Cachilo era quien había nacido primero. Se conocían muy bien, sabían de los romances que había tenido cada uno, compartían gustos por el fútbol, la música y todo evento que significara diversión, como la Peña Folklórica. Esta era una fiesta muy particular en el pueblo, esperada con ansias por todos los jóvenes, aunque no serían sólo ellos los que participaran sino que a la misma concurría gente de todas las edades, por ser una fiesta familiar y popular donde se bailaba hasta altas horas de la madrugada sobre piso de tierra, levantando una gran polvareda, la cual hacía notar que la gente la estaba pasando bien.

Para Enrique era fabuloso encontrarse con la misma gente de todos los días pero en un ámbito muy diferente y agradable como lo es una fiesta popular y para toda la familia. Le hacía notar que todo el pueblo estaba unido, y en ese lugar donde reinaba la alegría estarían viviendo nada más ni nada menos que una gran fiesta familiar.

Golpeó a la puerta...

Toc... toc... toc...

—¿Quién es? —se escuchó desde adentro... Era la voz de Cachilo

—Soy yo, Enrique

—Ya salgo. —contestó.

A los pocos segundos abrió la puerta y se abrazaron fuertemente demostrando el cariño que se tenían.

—¿Cómo estás? —preguntó Cachilo

—Bien, bien, ¿Y tú?

—Todo bien, por suerte —cerró la puerta y se quedaron del lado de afuera para poder charlar más tranquilos.

—Recién salgo de trabajar, iba hacia mi casa pero decidí pasar primero a saludarte.

—Ah, bueno.... Yo también recién llego, ¿Tomamos unos verdes? —refiriéndose a tomar mates.

—¡Bueno dale!.... Pero me quedo sólo un rato, en casa me espera mi vieja para cenar.

—¡Listo!, Ya preparo

—¿A que no sabes quién apareció ayer? —contó Enrique

—No sé… fuiste a lo de don Tomás como todos los jueves, seguro

—Sí, ¿Pero quién golpeó a la puerta poco antes de la cena?

—ja, ja, ja, ya sé… No me digas nada —exclamó Cachilo

—¡El loco Alberto!

—Sí…. ¡Adivinaste!

—No podía ser otro, sabía que algo para picar iba a haber, asique pasaría a visitar.

—Sí, el viejo preparó un guiso como para chuparse los dedos y por supuesto lo invitamos a comer.

—Imagino lo que se habrán divertido

—Sí, nos matamos de risas y nos quedamos hasta altas horas en casa de don Tomás.

—No es para menos, Alberto es todo un personaje —agregó Cachilo.

—A propósito, el sábado hay gran peña folklórica —añadió

—Cierto, ya me había olvidado, ahí estaremos entonces.

—Por su puesto, a nuestro juego nos llamaron ja, ja, ja —rió Cachilo

—¿A qué hora vamos? —preguntó Enrique

—Se empieza a poner bueno a partir de la una, pero podemos ir antes así degustamos esas empanadas fritas que tan ricas son.

—Es cierto, son imperdibles y de paso vamos viendo la llegada de la gente y vamos palpitando lo que va a ser una gran fiesta —dijo entusiasmado.

La gente del pueblo esperaba con ansias al día de la Peña. Con sus comidas típicas, sus bailes y sus números en vivo que tanta expectativa provocaban. Entre los números previstos existían guitarreros, cantautores, folkloristas, gauchos con boleadoras, zapateos, malambo, recitados, etc. Etc. Que a lo largo de la noche irían deleitando al público presente con todo su arte y amor por lo que hacían.

—Entonces te paso a buscar a las diez... ¿Te parece bien? —dijo Enrique.

—¡Si compadre! te espero a esa hora

Se saludaron con un fuerte abrazo y Enrique se dirigió hacia su casa.

X

Al día siguiente, Enrique se encontraba en su habitación jugando con Nikita cuando escuchó fuertes golpes en la puerta de entrada, con desesperación, con mucho énfasis.

Rápidamente bajó por las escaleras y al llegar, su madre ya había abierto la puerta.

—¡¡¡Ana, por favor, necesito ayuda!!!

Era doña Juana, su vecina. Tenía el rostro de un intenso color rojizo, transpirado y con lágrimas derramadas.

Sus ojos estaban como sobresalidos dando evidencia de que algo malo estaba sucediendo, o ya había sucedido.

—¿Qué ocurre? —preguntó Ana, sorprendida y un tanto asustada.

—¡¡¡Se me está incendiando el establo!!!

—Por favor ayúdenme… —continuó con su voz muy agitada.

Enrique, al escuchar, salió disparado hacia el establo que estaba pegado a la propiedad de doña Juana. Cuando llegó notó que las llamas ya eran muy altas. Desesperado corrió en busca de un balde para llenar con agua. Al mismo tiempo se acercó todo el vecindario para también colaborar.

El mayor de los problemas fue el no poder encontrar varias canillas para cargar los baldes. En pocos minutos el fuego creció tanto que ya era imposible de apagar. Doña Juana gritaba como una loca, desesperada, como dándose cuenta que todo el esfuerzo de sus vecinos era en vano. Todos corrían hacia todos lados, aunque poco se podía hacer. La paja y la madera son elementos que encienden rápidamente y con facilidad. De todas maneras nadie se daba por vencido, ya que peligraba también la propia casa de doña Juana.

Los caballos se habían soltado de sus riendas y corrían por todo el lugar, generando aún más caos. Algunos de ellos salían del establo prendido fuego. Esta vez la sequía había hecho estragos.

A uno de los vecinos se le ocurrió llenar las cubetas con la arena que él tenía en la vereda de su casa, ya que estaba haciendo algunos arreglos en el interior.

—¡Llenen las cubetas con arena, en mi casa hay mucha!, —gritó.

Algunos le hicieron caso, y en seguida acudieron al lugar. Otros ni si quieran lograron escucharlo. La desesperación era mucha, el establo entero ardía en llamas. Ya nada había que hacer con él. Sólo restaba intentar salvar la casa de doña Juana, que a medida que crecían las llamas, peligraba aún más.

XI

Entre los vecinos se encontraban Enrique y Ana, quienes fueron los primeros en llegar. Yoli, Cachilo, don Tomás que se agarraba la cabeza no pudiendo comprender lo que sus ojos veían y hasta Alberto, a quien se lo vio corriendo como nunca, tratando de colaborar. La gente del pueblo era muy solidaria, y en este caso quedaba en evidencia, como nunca antes. Las mujeres intentaban consolar a doña Juana, quien sentía que todo se derrumbaba. Hasta su propia vida.

—Quédate tranquila, todo se va a solucionar —le decía Ana tomándola de los hombros buscando poder consolarla.

—Sí —agregó Yoli, mira como todos se esfuerzan para luchar contra las llamas.

—¡El universo mismo conspira para que logren salvar tu casa!

Cuando Ana agregó esto, como que algo se detuvo. Como si el tiempo mismo se hubiera detenido. La secuencia del establo en llamas y estas mismas propagándose hacia la casa, quedaron tiesas, inmóviles. Pero no así la gente, que continuaba con sus esfuerzos para poder apagar el fuego.

Tal vez el espíritu del pueblo y el de cada uno de los integrantes del mismo hicieron posible detener las llamas y así salvar la casa de doña Juana. Todos estaban agobiados. Se los veía agotados, con sus cabellos cubiertos de ceniza y sus rostros grises por el humo. Algunos tosían, otros bebían agua, otros mojaban sus cabezas. El caos había terminado.

Fue Cachilo quien logró visualizar alejado, apenas a unos metros del lugar a Enrique. Este se encontraba arrodillado, llorando desconsoladamente.

Se acercó hacia donde estaba su amigo y tomándolo de un hombro le preguntó:

—¿!Qué te sucede!?

El muchacho no paraba de llorar y no podía emitir palabra alguna.

—¡¡Por favor, no me asustes!! ¿Qué sucede? —volvió a preguntar Cachilo.

Enrique levantó su mano derecha y con el dedo índice logró señalar lo inevitable.

Un caballo había muerto.

El amor de Enrique hacia los animales era el mismo que hacia las personas. No quería más a un animal que a un ser humano, pero tampoco menos. Simplemente de la misma manera. Cachilo logró incorporar a su amigo, lo abrazó muy fuerte y como si este fuera contagiado, comenzó a llorar también.

La gente los miraba y no entendía lo que sucedía. Desde donde ellos se encontraban no era posible visualizar lo ocurrido.

—¡¡Como puede suceder esto!! —logró expresar Enrique mientas continuaba con su llanto.

—No existe animal más noble que un caballo

—¡¡¡Por qué!!! ¡¡¡Por qué!!!

Volvió a arrodillarse. Pero esta vez, más cerca del caballo y

mientras golpeaba su lomo, gritó con fuerza...

—¡¡Hubiera preferido morir yo, antes que él!!

Todos los vecinos ya se habían acercado y habían visto la triste escena. También habían escuchado lo que el muchacho había dicho. Si bien algunos podían pensar que éste, exageraba con sus dichos, quienes lo conocían profundamente sabían que él hubiera dado su propia vida por el animal y que no exageraba en lo más mínimo.

La primera persona que se arrodilló para abrazarlo fue su madre, luego siguieron los demás. Entre los que se encontraba doña Juana, quien también se sentía muy dolida por la pérdida.

La alegría de haber logrado apagar el fuego y así salvar la casa de doña Juana, se vio opacada tras este suceso. Los vecinos comenzaron a dispersarse. Ana tomó al muchacho de un brazo, lo colgó de su cuello y se lo llevó hacia su casa. Lo llevaba como si éste estuviese herido. Caminaron apenas unos pasos cuando los interceptó don Tomás. Este abrazó al muchacho y le dijo:

—¡Tranquilo hijo, tranquilo!

El viejo nunca lo había llamado así. Si bien lo quería como a un hijo propio, nunca había utilizado esa palabra para con él, lo que provocó aún más el llanto de Enrique, que también lo necesitaba y quería como a un padre.

XII

La peña fue suspendida, ya que se realizaba esa misma noche y en todo el pueblo no había ánimo alguno de festejos. Los organizadores comunicaron que el evento pasaba para el sábado siguiente.

Por lo pronto el establo de doña Juana, o las ruinas de lo que éste era, se encontraba tal como lo habían dejado. Las cenizas continuaban en el mismo lugar, tal cual habían sido originadas. Nadie movió ni juntó nada. La pared lateral de la casa había quedado toda negra. El fuego la había alcanzado y puesto de ese color, pero no la había dañado. Sólo la había pintado de ese color. La propiedad estaba intacta, la habían salvado, y eso era lo más importante.

Todos se encontraban descansando, Ana se dirigió a la casa de doña Juana para saber si necesitaba algo. Golpeó a la puerta suavemente. Como para no alterar su descanso, ni asustarla. Al no obtener respuesta, volvió a golpear y como nuevamente invadió el silencio, se retiró pensando...

"Debe estar durmiendo, o descansando. No quiero molestarla, mejor vuelvo mañana". Y regresó nuevamente a su casa. Para su sorpresa cuando llegó se encontraba Cachilo dentro, ya que había ido a visitar a su amigo.

—¡Hola Cachilo, cómo estás! —saludó Ana.

—Bien, vine para saber cómo estaba Enrique.

—Ah, bueno, ustedes conversen tranquilos, mientras yo les preparo algo de comer.

—No, gracias Ana, no se moleste.

—¡Sí, quédate a cenar con nosotros! —interrumpió Enrique—. Ya que hoy no vamos a salir a ninguna parte, por lo menos nos hacemos compañía.

—Bueno está bien, me quedo —contestó Cachilo, sabiendo que su amigo lo necesitaba, tras haber pasado por semejante momento.

—Saben, vengo de la casa de doña Juana. Fui a ver si necesitaba algo, pero al tocar su puerta, no respondió —comentó Ana

—Seguramente debe estar acostada, o durmiendo, dejémosla que descanse hasta mañana —dijo Enrique.

—Sí, estoy de acuerdo —continuó Cachilo. Además debe de estar haciendo su correspondiente duelo.

Doña Juana había enviudado, hacía ya unos años. Justamente el establo y los caballos eran de su esposo y ella decidió luego de que este falleciera, seguir conservándolo. Tanto al Inmueble como a sus integrantes. Le causaba mucha pena deshacerse de las cosas que tanto amaba su marido. Por eso decidió seguir y cuidándolo como lo hacía su marido, ya que era el recuerdo más vivo que tenía de él.

Al derrumbarse el establo y perderse por completo, había perdido aquello que mas la unía a su ser amado.

—¿Saben que se suspendió la peña? —dijo Ana dirigiéndose a los dos

—Si, nos enteramos —dijo Cachilo. Igual con lo que pasó, yo no iba a ir.

—Ni yo tampoco —agregó Enrique. Creo que el pueblo entero, lamenta lo que le sucedió a doña Juana.

—Hubieran visto el rostro de espanto y terror que tenía —contó Ana.

—Me imagino, ese establo era muy importante para ella. Todos sabemos lo que significaba para su marido, don Ricardo —contestó Enrique.

—Es verdad. Y cambiando el tema de conversación, dijo:

—Les voy a preparar una tarta de verduras, ¿Quieren?

—¡Sí, buenísimo! —dijeron al unísono.

La tarta de verduras era el plato favorito de Enrique, y Ana sabía muy bien esto. Es por eso que para aliviar de alguna manera el dolor que aun sentía el muchacho por la pérdida del caballo, cuando volvía de la casa de doña Juana, decidió pasar por el almacén y comprar todos los ingredientes como para preparar una tarta. Esa que tanto le gustaba al muchacho.

Los amigos comenzaron a charlar sobre lo que había sucedido. Hablaban sobre la teoría acerca de cómo se originó el incendio, la pérdida del equino, la suspensión de la peña folklórica, etc. etc.

Sobre cómo se habría originado el incendio, no quedó duda alguna. Se sabía que ante semejante sequía, sumada a las altas temperaturas existentes, podría en algún momento originarse algún episodio de estas características. El pasto estaba reseco y mucho más la paja. Esto era la excusa perfecta para que el fuego, a través de una chispa se manifestara.

En cuanto a lo ocurrido con el caballo, Enrique eludió el tema por completo. No quiso hablar de eso, además del dolor que le causaba la perdida, era como si le diera vergüenza haber caído en llanto ante todo el vecindario, y esto además estaba agravado por sus dichos. En cuanto a la peña, lo que hablaron fue breve. Ambos estaban de acuerdo con el organizador en suspender el evento ya que nadie tendría ganas de ir. También pensaron en cómo se sentirían los artistas que iban a participar de la peña y que ésta quedase truncada. Pero eso no les preocupaba tanto ya que el evento no se cancelaba del todo sino que se postergaba para el sábado siguiente.

Si bien no sería lo mismo, Enrique y Cachilo asistirían sin falta.

—Qué rica está la tarta Ana —comentó Cachilo.

—¡Sí, ma! Te salió genial como siempre —siguió Enrique.

—Gracias, le puse de todo. Me alegra que les haya gustado.

Ana le había puesto todos los ingredientes y condimentos que la tarta requería. Pero por sobre todas las cosas le había puesto su condimento secreto, que era el amor que ella le ponía a todas las cosas que hacía. Y en esta ocasión necesitaba ponerle mucho y lo había hecho.

XIII

Los días siguientes se presentaron con absoluta normalidad. Cada integrante del pueblo continuó ocupándose de sus tareas habituales. Los vecinos ayudaron a recoger las cenizas y escombros de lo que quedó del establo y doña Juana, si bien seguía dolida por todo lo ocurrido, se había levantado de la cama y había salido de su casa para continuar con su vida de manera normal. Por lo pronto Enrique continuó trabajando en el campo, tarea pesada y difícil, pero era su vida y era lo que él amaba.

Al mediodía luego de almorzar se dirigía siempre hacia un árbol gigante de gran copa donde se sentaba, apoyaba su espalda en el tronco y se quedaba pensando por un tiempo mientras observaba la inmensidad del campo, el horizonte infinito y el cielo que parecía cubrirlo todo.

Este árbol era un caldén, y para Enrique era su momento de distensión sentarse debajo de él, pero también aprovechaba ese momento, y ese lugar, para reflexionar. Pensaba sobre su existencia, su misión (Si es que existiera alguna) en la vida, su futuro, el de sus seres queridos, el del campo, en fin... Era su momento para meditar sobre ciertas cuestiones de la vida. Descansaba un rato y luego continuaba trabajando hasta cumplir con su horario de todos los días. Lo curioso es que el resto de los trabajadores, sus compañeros, no iban a sentarse bajo el gigante caldén. A pesar de que este proporcionaba una generosa sombra donde refugiarse del sol. Sólo era Enrique quien repetía este comportamiento todos los días y a la misma hora, luego de almorzar con sus compañeros. Tal vez para el resto de los trabajadores no era atractivo ir a sentarse bajo aquel árbol y preferían quedarse haciendo sobremesa y charlar de temas diversos. O quizás sabían que ese era el momento y el lugar de relax de Enrique y no querían perturbarlo. Lo cierto es que el muchacho cumplía con este ritual todos los días. Como cuando alguien necesita estar solo y sale a caminar, o se recuesta en su cama, o simplemente se sienta en el jardín o balcón de su casa a observar la nada, o a mirar y no registrar. Algunas veces llevaba una manzana, o la iba comiendo en el camino mientras sus compañeros le decían que terminara de almorzar en la mesa, otras veces no llevaba nada; lo cierto es que no era muy largo el tiempo de descanso y él lo aprovechaba de esa manera.

XIV

Llegó el día sábado, y con él la gran peña.

Enrique lustraba sus zapatos mientras Ana le planchaba una camisa. Ya había acordado con su amigo, que pasaría a buscarlo a las diez, por lo tanto ya era de partir. Se miró al espejo, acomodó el cuello de su camisa, se perfumó y saludó a su madre. Esta le dijo:

—¡Estás hermoso, hijo!

El muchacho sonrió y respondió

—Si no me lo dices tú, quien más…

—No te hagas el tonto, sabes que es mucha la gente que así lo cree, y seguramente más de una chica te va a mirar para que la invites a bailar.

—Bueno me voy vieja, después nos vemos.

—Chau hijo, cuídate.

Marchó hacia lo de su amigo y mientras caminaba pensaba:

"Qué calor hace, por Dios".

El tiempo no aflojaba y por las noches existía casi la misma temperatura que durante el día, lo que hacía imposible poder dormir plácidamente. Es por eso que la gente del pueblo se encontraba sumamente agotada, ya que no podía descansar lo suficiente.

Pasó por la casa de doña Juana y observó lo inevitable. El establo ya no estaba. En cambio existía un vacío repleto de soledad. Se le hizo un nudo en la garganta. Tragó saliva y recordó lo ocurrido apenas una semana atrás —reflexionó *"pensar que hace unos días la vista era otra. Y esa vista era muy agradable para mí"*.

A Enrique le gustaba mucho el establo de doña Juana y sobre todo su contenido, los caballos. Estos eran de sus preferidos dentro del reino animal, es por eso que visitaba con frecuencia el lugar, acariciaba a los animales y conversaba acerca de ellos con don Ricardo y luego de que éste falleciera lo hacía con doña Juana.

Comenzó a caminar más rápido para dejar de ver la imagen desolada de lo que ya no era, que acechaba y amenazaba con perturbar su mente. No permitiría angustiarse cuando estaba transitando el camino que lo conducía a la fiesta. Sabía que doña Juana había regalado sus caballos a un estanciero que contaba con un gran establo y eso lo dejaba en paz, ya que conocía a este hombre y sabía lo bien que los cuidaría, de hecho él mismo se lo había presentado a doña Juana, por considerarlo una buena persona, ya que compartían mutuo amor por los animales. Este buen hombre no sólo le había prometido que cuidaría de ellos, sino que también les permitía ir a visitarlos las veces que deseara. Lo que habría dejado muy conforme a doña Juana.

Llegó a la casa de su amigo y éste lo estaba esperando en la puerta.

—¡Qué pinta! —manifestó Enrique al verlo.

—Gracias, tú tampoco te quedas atrás.

—Más o menos, me puse lo primero que encontré —presumió

—Bueno, ¿Vamos yendo? —dijo Cachilo.

—Sí, dale. Estaba pensando, ¿Qué te parece si lo pasamos a buscar a Alberto y lo llevamos?

—Sí, sería genial. Nos divertiríamos mucho.

—Claro, y además se va a poner contento. Estoy seguro de que no va a ir por no tener dinero para pagar la entrada.

—¡Seguro! Entonces lo pasamos a buscar y lo invitamos nosotros

—¡Dale! —cerró Enrique.

Se dirigieron hacia la casa de Alberto, entraron (Ya que la puerta de entrada no tenía cerradura y estaba abierta) y lo encontraron durmiendo.

Sobre la mesa había varias botellas vacías. Lo que evidenciaba que había estado bebiendo durante todo el día. *"Qué lástima me da ver cómo está la casa"*, pensó Enrique al ver el deterioro por el mal uso que tenía la propiedad. Siendo que él la conoció cuando se encontraba en buen estado y hacía un tiempo no la visitaba. La casa estaba abandonada, descuidada, sufriendo una severa falta de mantenimiento y soportando los excesos que su dueño conllevaba.

"Pensar que en otra época, en esta casa festejábamos cumpleaños, hacíamos reuniones de amigos, en fin... eran otros tiempos".

Enrique al igual que el resto de los amigos conversaba siempre con Alberto sobre este tema. Ofrecían su ayuda para que pudiera salir de las garras del alcohol. Pero todo el esfuerzo que hacían era inútil. Con el tiempo entendieron que no se puede curar a una persona que no tiene propio interés en hacerlo.

Alberto se tomaba todo en chiste. Como si no le importara mucho. Cuando Enrique le sugirió llevarlo a un pueblo más grande, a 80 km. De distancia hacia el norte, donde ofrecían asistencia profesional y contención para alcohólicos. Éste le respondió textualmente:

—¡Para qué voy a ir a un sitio de alcohólicos anónimos, si yo soy uno declarado! Ja, ja, ja, ja, ja, ja

Trataba sobre el asunto, con mucho humor como si no le importara demasiado, en definitiva era su forma de vida. Sólo que al resto de las personas no le causaba mucha gracia, Como no le causó gracia a Enrique ver el estado en que se encontraba su casa.

XV

Lo zamarrearon una y otra vez. Hasta que reaccionó.

—¡Quién es, dónde estoy, qué hora es! —dijo rápidamente.

—Somos nosotros, venimos a buscarte para ir a la peña —

Respondió Enrique.

—Nooo, yo no voy. No tengo plata

—¡Dale!, nosotros te invitamos —exclamó Cachilo.

Alberto se sentó en la cama, abrió bien grande los ojos para despertarse y contestó:

—Bueno, me esperan q que me ponga el pantalón del Bamby, la camisa que me regalaste (refiriéndose a Enrique) y vamos.

—¡Dale, te esperamos! —dijeron los dos.

El pantalón del Bamby era uno que siempre usaba para ocasiones especiales y lo nombraba así porque decía que era idéntico al que usaba un personaje de una historieta que él leía, y dicho personaje se llamaba Bamby, aunque nada tenía que ver con el simpático animalito.

Los zapatos eran símil leopardo o animal print, como se conoce ahora. Poco combinaba con la camisa que le había regalado Enrique y con el pantalón del Bamby. Pero a él, nada le importaba eso y se lo veía muy feliz con sus zapatos de leopardo.

El loco Alberto estaba listo y los tres emprenderían el viaje que los llevara a la peña que se hacía en un club a unas pocas cuadras de donde se encontraban.

Llegaron y Enrique pidió tres entradas, ingresaron y notaron que no había mucha gente. De todas maneras la música ya estaba sonando y ésta invitaba a tomar unos tragos.

—¡Qué vamos a beber! —dijo Alberto inmediatamente.

—Espera, recién llegamos. Ahora vemos que tomamos respondió Cachilo.

—Yo tengo sed, no tomé nada hoy.

—¡Cómo que no tomaste nada! Si estuvimos en tu casa y vimos botellas vacías por todas partes.

—Pero eso fue al mediodía amigo, ahora ya es de noche y es cuando más sed me agarra.

—Bueno, voy a comprar algo, esperen acá.

Enrique se dirigió hacia lo que sería una especie de buffet del club, pidió tres vasos de sangría y observó que estaban cocinando esas ricas empanadas que tanto les gustaba y que se habían prometido comer. Pidió seis, dos para cada uno, y le dieron unos números para que retirase lo comprado. Levantó el brazo y agitándolo comenzó a llamar a sus amigos para que vinieran, ya que no iba a poder llevar todo hacia donde estaban. Alberto fue quien lo vio primero como si lo hubiera seguido todo el tiempo con la mirada chequeando que éste comprara la bebida que tanto ansiaba. Avisó a Cachilo y fueron en busca de lo adquirido.

—¡Una rica sangría para todos! —dijo Enrique mientras les alcanzaba cuidadosamente para que no se volcara, un vaso a cada uno.

—Y dos empanadas para cada uno, así vamos picando algo. Alberto tomó el vaso con su mano derecha y con su mano izquierda hizo señas de rechazo a las empanadas

—¡Gracias Amigo! Pero ya comí, coman ustedes.

—¡Qué vas a comer! Si te fuimos a buscar a tu casa y estabas durmiendo, no habías comido nada.

—No, pero comí mucho al mediodía, ahora no tengo hambre —se excusó.

Los dos sabían que Alberto no comía nada. De hecho, Enrique compró empanadas para él también y sin consultarle, ya que de otra manera le hubiera dicho que no.

De todas maneras Enrique lo hizo para forzarlo a que comiera, ya que lo hacía muy poco, aunque sí bebía en grandes cantidades. Don Tomás, quien lo invitaba a cenar bastante seguido decía que comía como un pajarito, ya que ingería porciones muy pequeñas aludiendo que ya estaba lleno. Evidentemente tenía el estomago cerrado y su organismo acostumbrado al alcohol, desde hacía ya muchos años. Se miraron con Cachilo, y los dos hicieron un gesto como diciendo: *"No tiene cura"*.

XVI

Se acercaron al escenario, donde comenzaba un número de malambo, bebieron la sangría y poco a poco se fueron adentrando en la fiesta. Los artistas asistieron todos al evento, mientras que la gente no acompañó en gran cantidad. Sin dudas el acontecimiento del establo, que todavía perduraba en el ánimo de la gente y sumado a los duros tiempos que se vivían, hicieron que mucha gente no se hiciera presente en la peña. Y los que se encontraban dentro del recinto, no contaban con buen ánimo. De todas maneras la gente bailó, se divirtió y los chicos la pasaron bien, junto con Alberto quien bebió varias sangrías más. Tal como lo había dicho Ana, a Enrique lo observaban varias chicas del lugar, pero este decidió estar todo el tiempo con sus amigos y no alejarse de ellos, yendo en busca de una *"china"*, como solían llamar a las chicas en el pueblo.

Los números artísticos continuaron según el itinerario programado. Llegó el turno de gauchos con boleadoras, luego varios guitarreros, cantautores, todos ellos subían al escenario y se brindaban plenamente más allá de la concurrencia y del ánimo de la gente que intentó poner lo mejor de sí misma para pasarla bien a pesar de todo. Se quedaron hasta las cinco de la madrugada, cuando decidieron partir. Además poco a poco todos lo iban haciendo.

Mientras caminaban hacia sus casas comentaban sobre lo acontecido. Los tres coincidieron en que la fiesta estuvo un tanto opacada por lo sucedido con el establo de doña Juana, sumado a la situación del campo, principal patrimonio y actividad del pueblo, encontrándose en su peor momento.

De todas maneras habían pasado una noche juntos, compartiendo y disfrutando de la amistad que existía entre ellos y habían bailado y presenciado buenos shows artísticos que se fueron presentando a lo largo de la noche. Decidieron llevar primero a Alberto a su casa, al cual le sacaron los zapatos de leopardo luego acostaron en su cama y taparon, ya que no podía hacerlo por sus propios medios. Después de despedirse, Enrique y Cachilo se dirigieron cada uno a sus casas.

XVII

Los días fueron pasando y nada parecía mejorar. Algunos hacían rituales para que lloviera, otros rezaban, otros le pedían a la pacha mama. Se vivía momentos críticos, había pasado mucho tiempo y la situación ya era insostenible. La impotencia de no poder hacer nada al respecto se acrecentaba. La gente caminaba por las calles con la cabeza gacha como si buscara una respuesta en el suelo, o como lo haría cualquier persona que se sintiera abatida. Los problemas causados por la gran sequía se expandían, ya no era solamente el campo con sus cosechas y sus siembras, los granos, la soja, el trigo, el maíz, los girasoles marchitos y por estas horas ya inexistentes quien los sufría, sino que el pueblo en general la estaba padeciendo, ya que entre otras cosas, había escasez de agua potable. Los suelos resecos comenzaban a agrietarse y el peligro de que ocurrieran nuevos incendios era cada vez mayor.

La gente temía por enfermedades que pudieran surgir como consecuencia de esta situación. Podían verse decenas de cadáveres de ganado bobino, ovino y porcino cerca de los alambrados que daban hacia la ruta. Esto era apenas lo que se lograba observar, ya que el recuento era de miles de cabezas aniquiladas como consecuencia de la sequía.

Enrique se dedicaba a la agricultura, jamás podría trabajar en ganadería, por obvias razones, de todas maneras presenciar cómo era destruida una cosecha entera también le afectaba, y mucho. No sólo por lo que esto implica económicamente, y como consecuencia correr el riesgo de perder su trabajo, sino que además le generaba mucha angustia ver como todo el cultivo era destruido y nada podía hacer al respecto.

Su patrón sabía lo buen trabajador que era y notaba el esfuerzo que hacía para que no se perdiera todo aun cuando esto era inevitable, es por eso que seguía conservándolo como su empleado preferido, aunque también sabía que de seguir perdiéndolo todo no tendría más remedio que despedirlo, por más dolor que este acto le causara a los dos.

XVIII

Una mañana, Enrique se encontraba trabajando, lo hizo duramente como todos los días, luego se reunió con sus compañeros para almorzar y cuando terminó se dirigió hacia aquel gran árbol que estaba un tanto alejado y desde donde se veía la inmensidad del campo. Sus compañeros, sabiendo que él repetía todos los días este comportamiento no dieron mayor importancia y continuaron conversando como lo hacían hasta ese momento.

Caminó bajo el intenso sol que parecía ocupar todo el cielo. Al llegar se sentó bajo el tronco, apoyando su espalda sobre él y contempló la enorme copa que el árbol poseía. Respiró profundo varias veces, se relajó y luego ocurrió algo asombroso. Como por arte de magia todo comenzó a transformarse. El campo relucía y se veía de un color verde único, puro, nunca antes visto de esa manera ni siquiera cuando este gozaba de sus mejores épocas. Parecía una especie de colchón gigante perfectamente parejo y lleno de vida. Lo mismo ocurría con el cielo y las nubes, estas últimas parecían estar dibujadas por el mejor de los artistas que hubiera existido. El cielo invitaba a tocarlo con las manos, daba la sensación de poder agarrarlo. Era la perfección pintada de un color celeste puro, natural, también único. El muchacho estaba fascinado con lo que veía, era como si de repente el mundo y toda la existencia en él se había revelado como sucede con un rollo fotográfico automáticamente, y lo percibido anteriormente y hasta ese momento era tan solo el negativo del mismo. Hasta el propio caldén se había transformado, ya que si bien este era muy bonito ahora se lo veía en todo su esplendor, como si fuese el mismo árbol pero en la versión que corresponde a un plano superior.

De repente apareció ante él una dulce niña de cabello largo y lacio de color oro, sus ojos hipnotizaban, paralizaban con solo observarlos. A través de ellos podía verse el infinito. Todo el universo entero habitaba dentro de este ser tan bello.

—¿Quién eres? —preguntó Enrique

—Soy un holograma creado por tu yo superior.

—¿Qué? No puede ser, ¿Cómo es eso?

—Tu yo superior dejó todo preparado para que cuando estés acá, en este plano, yo aparezca y te haga recordar quién eres realmente.

—¡Yo soy Enrique!! —respondió con firmeza.

—Tú eres mucho más que eso, al igual que el resto de los seres que habitan el planeta.

—Pero…. ¿Mi yo superior? Si yo no sé nada.

—Sí, tú lo sabes todo.

—Pero yo…. Nooo… —comenzó a titubear

—Tú vienes todos los días, te sientas bajo este árbol y te preguntas muchas cosas, Pues todas las respuestas se encuentran en tu interior. Tú eres conciencia pura, luz, energía, que ha decidido crear la ilusión de la vida para experimentar que se siente estar alejado de la luz.

Enrique intentaba comprender lo que el holograma le transmitía, pero sus dudas eran tantas, que apenas lo lograba

—Pero si soy pura luz y energía, por qué no puedo modificar ciertas cosas. La pérdida del establo de doña Juana por ejemplo, lo que le ocurrió al caballo, la terrible sequía que estamos padeciendo aquí en el campo. En fin… tantas cosas malas que suceden y no puedo cambiar.

—Todo es creado a través de los pensamientos. Cada vez que piensas y actúas, creas tu propia realidad. Si realmente comprendieras quién eres, podrías modificar esas y muchas cosas más.

—Es decir que si pienso que todo va a ir mejor ¿Sucederá?

—¡¡Por supuesto!!! Esto sucede cuando realmente comprendes que eres luz.

—Pero…. ¿Y las crueldades del mundo, las enfermedades, las personas que nacen discapacitadas, qué sentido tienen sus vidas?

—Esas vidas las percibes como algo injusto y negativo porque así te lo hace creer tu ego. Lo cierto es que los seres que viven ese dolor han decidido regresar para experimentarlo y enseñarte que todo es ilusorio, que lo único real es el amor y que esta vida es sólo un escalón de una larga escalera de aprendizaje hacia la luz.

Y el muchacho siguió preguntando...

—¿Qué es la muerte?

—La muerte es simplemente un pase de plano. El despertar de tu verdadera conciencia.

—Entonces el cuerpo...

—Tu cuerpo es el vehículo que tu yo superior utiliza para moverse dentro de este mundo — interrumpió el holograma.

—¿Existe la oscuridad, el mal?

—¡Claro que no! Sólo es otra falsa percepción de tu yo inferior.

Lo único que verdaderamente existe es el amor.

—¿Por qué ahora estoy sabiendo todo esto?

—Estas, y otras verdades se encuentran ocultas en el interior de cada uno de los seres que habitan este universo.

—Sólo es cuestión de descubrirlas. Tú, como algunos otros seres, has conseguido romper las cadenas que te atan a esta ilusión, para poder despertar.

—¡Yo! ¿Un simple campesino?

El holograma volvió a interrumpir...

—Tú eres infinitamente más que eso, no lo dudes nunca. Tú eres un ser de luz.

El muchacho un tanto confundido volvió a preguntar...

—¿Y Dios?

—Tú eres Dios, todos los seres que habitan este mundo, son Dios, sólo que todavía no se han dado cuenta —dijo con voz suave el holograma en forma de dulce niña y simplemente desapareció.

Enrique quedó estupefacto, no podía creer la experiencia vivida.

Miró hacia lo lejos, donde se encontraban sus compañeros como buscando algún cómplice, pero estos continuaban conversando sobre la mesa. Estaba solo, nadie pudo observar lo que había sucedido y comenzó a pensar…

"¿Habrá sido una alucinación?

¿Me quedé dormido y todo fue solo un sueño?

Fue demasiado real para ser un sueño"

Se dirigió hacia donde se encontraban sus compañeros, y estos actuaban de manera natural. Nada habían notado al respecto, entonces continuó con sus tareas laborales. Su cabeza era una máquina de hacer preguntas, aquello que había experimentado no era tan solo una simple visión o una aparición, era un momento trascendental en su vida y él intentaba comprenderlo, asimilarlo, para también, y de ser posible poder aprovecharlo.

XIX

Terminó de trabajar y antes de ir a su casa decidió pasar primero por la de don Tomás. Si bien no era día jueves, la urgencia por hablar sobre lo acontecido con su sabio amigo no podía esperar. Se sentía raro, preocupado, ansioso necesitaba sin dudas hablar con él. Este lo recibió y al notarlo un tanto extraño le preguntó…

—¿Estás bien Enrique?

—Sí, vieji, todo bien.

—Tú sabes que a mí no me puedes engañar.

Le dijo esto y se dirigió a la estantería donde guardaba sus vinos, destapó uno, sirvió dos vasos y lo increpó con su mirada esperando una respuesta. Enrique, sintiéndose acorralado, comenzó a contar

—Hoy mientras estaba en el descanso laboral, luego del almuerzo, sucedió algo increíble.

—En realidad me sucedió a mí.

—Eso que te ocurrió, ¿Fue bueno o malo?

—Fue hermoso, sólo que estoy un tanto shockeado, conmovido y no sé con quién compartirlo, ya que es algo difícil de expresar.

—Sabes que puedes contar conmigo, aunque a veces hay ciertas cosas que son para mantenerlas en secreto.

—Lo sé, es por eso que lo voy a hablar con muy pocas personas, una de ellas es usted.

—Entonces, ¡Te escucho!

—Digamos que hoy tuve una aparición.

El interés de don Tomás fue despierto rápidamente, se le acercó y le dijo:

—¿Cómo fue eso?, ¿Qué tipo de aparición?

—Se apareció ante mí un holograma con forma de dulce niña. Su rostro era angelical, de una belleza sin igual. Tenía una voz muy suave, cautivadora. Su mirada penetrante transmitía un sentimiento de amor, paz y libertad como nunca antes había sentido.

El viejo de un tirón bebió todo el vaso de vino, se volvió a servir y preguntó:

—¿Te dijo algo, habló contigo?

—Sí, me dijo que había sido creado por mi yo superior para que apareciera y me recordara que soy un ser de luz y que sólo estoy viviendo una corta experiencia en este planeta, que cuando salga de este cuerpo voy a volver a ser quien realmente soy.

"Un ser de luz y energía pura"

—En realidad me dijo que todos lo somos, solo que en esta corta experiencia humana no logramos recordarlo.

Esta vez el que estaba deslumbrado al escuchar las palabras del muchacho era don Tomás.

—¿Cuánto duró la conversación? —preguntó este.

—No lo sé, parecía que había sido eterna, sin embargo en tiempo real solo duró mí tiempo de descanso.

—¡Vieji! No sabes qué hermoso se veía el mundo según me lo mostraba el holograma; El cielo, el sol, las nubes, los árboles, los pájaros, el campo, todo era perfecto. Te lo cuento y se me pone la piel de gallina —expresó

—Enrique, estas situaciones sólo suceden con gente muy especial, siempre supe que eras una de esas personas por lo tanto me pone muy feliz que me cuentes lo que acabas de contarme.

—Entonces, ¿Usted me cree, no?

—¡Por supuesto! Nunca dudé ni dudaría de ti.

—Gracias vieji, eso me alivia y mucho ya que podrían burlarse de mí o tratarme de loco si contara esto a otras personas, pero sabía que en usted podía confiar.

—Algunas personas no creen más allá de lo que ven sus propios ojos, escuchan sus oídos o tocan sus manos. Es por eso que les resultaría muy difícil apreciar lo que me estás contando —expresó don Tomás y continuó…

—De todas maneras también hay otras personas que tienen mucha fe y ellos sí seguramente van a valorar tu relato acerca de la experiencia que viviste en el día de hoy. Además lo que te sucedió, al igual que el mensaje que te dejó, es muy bonito.

—Es verdad, dijo Enrique y se atrevió a preguntar:

—¿Usted vieji a qué grupo de personas estaría perteneciendo?

—No se trata de dos grupos de personas como si fuesen dos bandos diferentes, simplemente tiene que ver con las creencias de cada persona, su personalidad, su ego, su crianza, entre otras cosas y por su puesto su fe.

Enrique quedó muy conforme con lo que le había transmitido su viejo amigo. Sentía que muchas de sus dudas se habían despejado, sólo existía una que retumbaba en su cabeza y no lo dejaba disfrutar plenamente de aquel memorable encuentro.

"¿Debo transmitir y difundir el mensaje que me dejó el holograma?" "O solo fue una enseñanza, un despertar propio y no un mensaje para ser difundido. De haber sido un mensaje a transmitir me lo hubiera manifestado en forma directa, o quizás está sobreentendido que de eso se trata".

El muchacho se encontraba un tanto perturbado con esta situación, ya que era una duda importante sobre un acontecimiento que le implicaba mucha responsabilidad. Si bien lo preocupaba que al difundir lo ocurrido pudieran burlarse de él o tratarlo de loco, o quizás de fabulador, mucha más preocupación le generaba guardárselo como un secreto y no compartirlo cuando en realidad justamente había sido elegido para eso.

El holograma le había manifestado que todo había sido previamente preparado por su yo superior para que apareciera en el momento preciso y le recordara quién era en realidad. Todo estaba perfectamente sincronizado, por lo tanto este suceso no habría sido una aparición casual ni él había sido elegido ni privilegiado para vivir aquel momento. Pero al no poder recordar lo planeado anteriormente sentía que de alguna manera sí había sido elegido, ya que el holograma se le hizo presente a él y no a otra persona. De ahí la responsabilidad que él mismo se adjudicaba.

XX

Se despidió de don Tomás y se dirigió hacia la casa de su amigo Cachilo. Mientras caminaba se preguntaba si le contaría o no, a su amigo lo que le había sucedido. Si bien mantenían una gran amistad no era para nada sencillo contárselo, ya que le producía cierta vergüenza hacerlo. A diferencia de don Tomás al cual sentía como a un padre y como a una especie de gurú con una sabiduría sin igual. Con Cachilo tenían otro tipo de relación, por lo tanto compartía con él otras cosas quizás las que se comparten cuando se tiene la misma edad. Pensaba que tal vez se reiría o aun peor, que no le daría importancia alguna al relato, tomándolo como algo superficial, como una simple anécdota, y que rápidamente cambiaría el ángulo de la conversación hacia otros temas superficiales, los cuales estaban acostumbrados a tratar.

Resolvió que la situación se diera de forma natural. Si en algún momento del encuentro con su amigo se daba la posibilidad de que surgiese libremente la necesidad de contárselo, o si de alguna manera se entablaba la conversación como para que así sucediese, estaría bien, de lo contrario no le diría absolutamente nada y sólo pasaría a saludarlo y a conversar algunos minutos con él.

Golpeó a la puerta y en seguida escuchó...

—¿Quién es?

—¡Soy yo, Enrique!

Cachilo abrió la puerta, se dieron un abrazo y éste lo invitó a pasar

—Me quedo solo un rato, mi mamá me debe estar esperando con la comida servida, pero quería venir a saludarte y a charlar un rato contigo.

—Está bien —dijo Cachilo. Pasa, siéntate que pongo a calentar la pava, así tomamos unos verdes. (Mates)

En la cocina se encontraba la madre y el hermanito de Cachilo. La señora Bety y el pequeño Lucas de apenas ocho años de edad. Inmediatamente Enrique fue a saludar a la señora Bety y acarició ligeramente la cabeza del pequeño Lucas, despeinándolo un poco como muestra de cariño. Enrique era hijo único, es por eso que cuando veía al pequeño Lucas, le brillaban los ojos. Lo llenaba de ternura, se le acercaba, lo abrazaba, jugaba con él. Lo quería como a un hermano propio, tal vez en él veía al hermano que no pudo tener, ya que Ana había perdido un embarazo muchos años atrás.

Bety insistió en prepararle algo para comer aunque ellos ya habían cenado. Enrique argumentó que su madre estaría esperándolo con la cena lista y agradeció la invitación sin aceptar. Cachilo comenzó a dialogar con Enrique sobre temas cotidianos, como el trabajo, la situación general del pueblo, sobre cierta chica que a él le gustaba, en fin... temas que eran habituales para ellos y que trataban siempre que se reunían para conversar. Enrique lo observaba y hasta parecía escucharlo pero su mente estaba en otra parte, no podía concentrarse en lo que su amigo le contaba Por el contrario, seguía pensando en lo ocurrido horas antes. Cachilo notó esa falta de atención y le preguntó:

—¿Estás bien?

—Sí, claro ¿Por qué lo preguntas?

—Te noto distante, como ido, no sé...

—Estoy bien, sólo me siento un poco cansado, hoy tuve un día muy largo.

—¡Ah, pero cuéntame! ¿Pasó algo que yo no sepa?, ¿Algo nuevo?

—No, no para nada

—Entonces, ¿Algún problema nuevo en el trabajo?

—No, no es eso. En serio, estoy bien

—Cachilo podía pasarse toda la noche intentando adivinar por qué actuaba tan raro su amigo. De todas maneras nunca podría descubrir la razón, ya que era muy difícil poder descifrar aquel acontecimiento tan único por el que Enrique había transitado.

—Ah pero si bien no es eso, de algo se trata entonces —concluyó Cachilo.

—¿Es sobre alguna chica?

—No, no pasa nada, quédate tranquilo —contestó y se levantó para retirarse.

—Me tengo que ir, mi mamá a estas horas ya debe de estar muy preocupada.

—Está bien, te acompaño hasta la puerta.

Enrique saludó a la familia, se abrazó con su amigo y se retiró hacia su casa. Ya eran altas horas de la noche, sabía que Ana estaría preocupada, pero necesitaba primero visitar a su gran amigo. Si bien no le contó nada, quería pasar a saludarlo y tal vez en una de esas, hasta se animaba a contarle, aunque finalmente eso no sucedió.

Se preguntó… *"¿Cómo se dio cuenta que estaba como en otra parte, pensando en otra cosa?"*

Evidentemente se le notaba y mucho. Sobre todo en sus ojos, sus gestos. Se notaba que algo lo inquietaba, que tenía algo para decir y lo estaba reprimiendo. Todavía le quedaba llegar a su casa, donde su madre se daría cuenta de esto inmediatamente, y él sabía muy bien que así sucedería.

XXI

Abrió la puerta despacio, para no hacer ruido alguno, la cerró y cuando se dio vuelta ahí estaba Ana, esperándolo despierta. Sobre la mesa había un vaso, un plato, cubiertos y la cena que se encontraba tapada con otro plato más grande para que ésta no se enfriara, lo cual de todas maneras, sucedió. El muchacho en seguida se excusó que se le había hecho tarde, que había pasado por lo de Cachilo y se habían entretenido charlando hasta altas horas. No le dijo que antes había estando en casa de don Tomás y mucho menos le contó sobre lo acontecido.

Ana lo miró fijo a los ojos y le dijo:

—¡Estaba preocupada!

—Sí, lo sé. Vine tan rápido como pude. ¿Por qué no fuiste a dormir, que ya es muy tarde?

—No iba a poder hacerlo hasta que no llegaras —Seguido de eso preguntó:

—¿Cenaste?

—No, la señora Bety me ofreció y me insistió varias veces que me quedara a comer pero yo sabía que tendrías la cena preparada y no acepté.

—Está bien, ¡la caliento entonces!

—¡No, ma! Está bien no te preocupes, anda a descansar que es muy tarde.

—Preferiría hacerte compañía un rato, mientras cenas.

—Como quieras. De todas maneras lo hago rápido y me voy a dormir en seguida, así descanso unas horas.

Enrique quería evitar una conversación con su madre ya que ella se daría cuenta de que algo le había pasado y él todavía no había decidido si le contaría o no.

Para distraerla un poco le preguntó:

—¿Y Nikita?

—Bien, está durmiendo.

—Claro, porque ya es muy tarde.

—Claro, ¿Y por qué no levantas la vista? —le preguntó Ana en buen tono.

Enrique sonrió sabiendo que ya había sido descubierto y respondió:

—Porque estoy comiendo

—Pero me estás esquivando la mirada desde que llegaste, le dijo devolviéndole la sonrisa.

Ana se había dado cuenta de que algo le había sucedido, pero jamás se hubiera imaginado de qué se trataba. Comenzaron a conversar de manera armoniosa. Los dos sonreían, Enrique ahora sí la miraba a los ojos ya que no tenía sentido seguir ocultándose.

Ella le contó que había visto a Alberto por la tarde, saliendo del almacén y que tenía el rostro muy colorado, y le había extrañado mucho porque salía con una bolsa que contenía en su interior dos cajas de vino, por lo cual ingenuamente pensó que aun no habría tomado nada. El muchacho comenzó a reír a carcajadas y le explicó que ella lo había visto salir del almacén con dos cajas de vino, pero no se dio cuenta de que ese no era su primer viaje, sino que era el segundo o el tercero.

Rápidamente comenzó a reír ella también, contagiada por la risa de Enrique.

—¡Con razón! Y yo que me había preocupado.

Hizo una pausa. Quedaron en silencio y entonces preguntó:

—Bueno, ¿Me vas a contar qué sucedió?

—Está bien, pero ahora es muy tarde y ambos tenemos que descansar para mañana poder ir a trabajar. Yo te prometo que te lo voy a contar.

—Bueno, pero para no estar intranquila. ¿Te pasó algo malo? ¿Te hicieron algo?

—Quédate tranquila, lo que me sucedió fue algo mágico, hermoso, único.

—¿Tiene que ver con una chica?

—No, no tiene que ver con eso, Cachilo me dijo lo mismo.

—¿Le contaste a él?

—No, primero te lo voy a contar a ti. ¡Te lo prometo!!!

El muchacho sabía que podía contar con ella para lo que fuere. Ella no sólo le iba a creer, sino que además lo iba a asistir y apoyar en todo lo que necesitara, ya que su amor hacia él era incondicional.

Ana le dio un beso, él la abrazó y cada uno se dirigió a su cuarto. Al llegar, Enrique observó a Nikita quien efectivamente se encontraba durmiendo. Se quedó observándola por un rato y pensó: *"Menos mal que está durmiendo, de lo contrario, hasta ella se daría cuenta de que algo fuera de lo común me sucedió".*

XXII

Se acostó y comenzó a pensar en lo ocurrido acerca de lo que sería el día más largo de su vida. Aquella aparición del holograma, lo que le había dicho y como había podido apreciar el mundo transformado, evolucionado. Meditó acerca de esto hasta quedarse dormido. Pasaron algunas horas, aunque para él habían sido apenas unos minutos, cuando Ana lo despertó.

—¡¡Despierta Enrique!!

—¿Qué sucede? Respondió

—Ya es hora de levantarse. Quiero que veas algo, es una sorpresa.

El muchacho se cambió rápidamente, lavó su cara y bajó al comedor.

—Asómate por la ventana —le Indicó Ana

Así lo hizo, observó y salió inmediatamente hacia afuera para contemplar mejor lo antes visto.

Pequeñas nubes de color oscuro se habían formado y comenzaban a juntarse, lo que anticipaba una tormenta que a esta altura era *"la"* tormenta.

A su lado se encontraba Nikita, quien aprovechó que Enrique abriera la puerta, para poder salir ella también. Los dos miraban el cielo, inmóviles, como petrificados. El bajó la mirada hacia Nikita y ella le respondió con un

—¡Miau! Que significaba muchas cosas referidas a la situación.

Si bien dominaban distintas lenguas. Enrique y su gata Nikita se comunicaban perfectamente y de manera fluida. De hecho, el lenguaje de las palabras es limitado, pero no así el que se obtiene a través de una mirada, un gesto o expresión similar.

Entraron a la casa, desayunaron y Enrique se fue a su trabajo. Sus compañeros, que ya habían llegado no hablaban de otra cosa más que de la posible tormenta que se avistaba.

Comenzaron a trabajar en un día muy pesado, ya que el porcentaje de humedad era muy elevado y este era acompañado por una alta temperatura. El día, al igual que el cielo, estaba muy denso. Se transpiraba mucho y se hacía difícil respirar. A pesar de esta situación el ánimo era muy bueno ya que esta densidad significaba una pronta tormenta y las tan ansiadas lluvias. De todas maneras, estas se hacían esperar.

Terminó de trabajar y se dirigió a su casa. Por estas horas los nubarrones cubrían todo el cielo que se encontraba tan negro como la situación del campo. Parecía como si fuese de noche, todo el cielo estaba cubierto por gigantes nubes de color negro que se habían unido hasta ser una sola.

Al llegar a su casa, todos los vecinos estaban afuera esperando que de una vez por todas cayera agua del cielo. A lo lejos los relámpagos iluminaban por un instante la oscura tarde.

Enrique entró a su casa sólo para dejar el bolso que traía en la mano. Esta vez no se cambió de ropa ni se bañó, tampoco abrió la nevera para comer o tomar algo. Sólo salió de inmediato para juntarse con sus vecinos, entre ellos además estaba su madre. No se perdería por nada del mundo el caer desde el cielo, la primera gota de agua.

XXIII

Se acercó a don Tomás, quien miraba hacia el cielo como si estuviese presenciando un alucinante show artístico. Todo estaba quieto, inmóvil, este lo miró fijo y le guiñó un ojo. De repente, como si nuevamente el universo se detuviera, cayó desde el cielo la primera gota de agua en la frente de Enrique, tocó su rostro, notó el agua que había entre sus dedos miró hacia todos lados y luego gritó…

—¡¡¡Está lloviendo!!!

Todos lo miraron con caras de incredulidad, era la primera gota que caía y todavía no lo creían.

—Sí, sí, está lloviendo afirmó con énfasis y a los pocos segundos comenzaron a caer las demás gotas.

—Es cierto —gritó doña Juana, quien también sintió una ¡Ya comenzó!

Poco a poco se fue desatando la tormenta y cada vez se acercaban más vecinos para poder apreciarla. Luego de un rayo que iluminó todo el cielo se escuchó el fuerte sonido de un trueno y seguido de esto, comenzó a llover con mayor intensidad. El olor a tierra mojada que se produce cuando está lloviendo es en sí muy agradable pero para la gente del pueblo este aroma significaba el más maravilloso perfume que se pudiera haber inventado.

Los vecinos estaban todos en la calle recibiendo a la lluvia con los brazos abiertos como si desde el cielo cayera agua bendita, es que para el pueblo entero este acontecimiento era una bendición. El agua tocaba la tierra y parecía que de ésta saliera vapor por la temperatura que aun había en ella. También se introducía entre las grietas que existían en la tierra como consecuencia de tanta sequedad y ésta la absorbía como si fuera una gigantesca esponja.

Enrique se abrazó con don Tomás y lo mismo hicieron otros vecinos. Lo que podría ser una simple tormenta era nada más ni nada menos que un milagro y así lo entendía cada uno de los habitantes del pueblo. Todos estaban empapados de agua, hasta Alberto, quien parecía estar aprovechando el acontecimiento para además bañarse.

La lluvia era muy intensa y los truenos que eran muy ruidosas y duraderos, lejos estaban de ser molestos y aterradores; por el contrario se percibían como la más maravillosa sinfonía jamás escuchada, ya que significaba que la tormenta continuaría y se prolongaría por más tiempo. Como si fuera una majestuosa obra de teatro, el espectáculo que se brindaba era imponente. Contaba con una escenografía única que era el inmenso cielo de color oscuro quien lograba que el día se transformara en noche aunque todavía no lo fuese. La iluminación, a cargo de los rayos y relámpagos, lograba el contraste perfecto junto con la sincronización del sonido que emitían los truenos. La coreografía, a cargo de los vecinos que bailaban y saltaban con inmensa alegría, y el público era por supuesto el pueblo entero que se encontraba totalmente cautivado y agradecido por tan fascinante espectáculo.

Los vecinos, de gran ánimo, charlaban unos con otros sin importarles en absoluto que se mojaran, de hecho ya lo estaban y aun permanecían en el lugar. Luego de un tiempo, poco a poco se fueron retirando cada uno a sus casas.

Ana entró y notó que el comedor estaba un tanto inundado. Con un secador de piso comenzó a sacar el agua hacia afuera, ya que se le había filtrado a través del techo de chapas que cubría la cocina y el comedor. Enrique por lo pronto subió a su habitación para cambiarse de ropa. Cenaron y luego cada uno se dirigió a su cuarto a descansar. Ana no le había pedido que le contara sobre lo ocurrido el día anterior tal vez por olvido o quizás porque el tema de conversación en la cena no había sido otro que el de la gran tormenta.

Enrique abrió la puerta de su habitación y en la cama se encontraba Nikita, quien inmediatamente lo saludó haciéndole notar que lo estaba esperando. Estaba un tanto asustada por los rayos y el sonido de los truenos. El muchacho la miró y le dijo:

—Veo que otra vez vas a dormir conmigo ¿No?

—¡Miau!

Y eso fue suficiente. Se acomodó para que entraran los dos y se acostó.

Observaba la lluvia a través de la ventana de la habitación, que por estas horas ya era un diluvio. No se cansaba de observar el caer del agua como si estuviese vigilando y controlando que ésta no cesara, ya que necesitaban que la lluvia fuese prolongada. Mientras tanto, pensaba acerca de su encuentro con el holograma.

"¿Será un milagro provocado por esta aparición? O tal vez fue lo que me dijo acerca de que todo es creado a través del pensamiento".

"De ser así, yo vengo pensando constantemente que llueva de una vez por todas y que algún día se termine esta tremenda sequía, que tanto nos afecta a todos".

"Es más, no soy el único que piensa todo el tiempo acerca de esto, el pueblo entero lo hace, por lo tanto el pensamiento es colectivo".

"Quizás sea cierto y así es como funcionan las cosas. Toda la energía que se genera a través de nuestros pensamientos hace posible que todo suceda"

"Nunca había meditado sobre esto, ahora no sólo lo creo sino que he comprobado que funciona".

"Voy a intentar recordar todo aquello que me dijo la dulce niña para empezar a ponerlo en práctica, ponerlo a funcionar"

"De ahora en mas, todos mis pensamientos van a ser positivos, de hecho desde aquel día en que me encontré con aquel ser, así lo fueron y ahora a través de mi ventana estoy viendo los resultados".

XXIV

Se quedó dormido mientras pensaba en todas estas cuestiones. Afuera la lluvia seguía cayendo en forma continua, el silencio en el pueblo era absoluto; sólo se escuchaba el sonido del agua golpeando en el suelo. La paz y la tranquilidad eran plenas, por fin había llegado el gran día.

A la mañana siguiente Enrique despertó y lo primero que hizo fue mirar a través de la ventana. Quedó muy conforme al ver que seguía lloviendo. Como Nikita continuaba durmiendo, el muchacho se levantó lentamente para no molestarla, bajó y Ana ya estaba preparando el desayuno.

—¡Buen día, hijo!

—¡Buen día, ma!

—¿Descansaste bien? —preguntó ella.

—Si, perfectamente, Nikita durmió conmigo

—Me imaginé, estaba muy asustada por los truenos.

—Así es, por suerte sigue lloviendo, ¿Viste?

—Sí, es verdad, esta lluvia va a aliviar y mucho

—Eso espero —contestó Enrique, y se sentó a la mesa para desayunar.

Los dos lo hicieron mientras conversaban acerca del temporal. En un momento de la conversación Ana hizo una pausa, lo miró a los ojos y le dijo:

—Ayer estuvimos más que ocupados con este asunto de la gran tormenta, ahora que estamos más tranquilos, ¿Me vas a contar finalmente qué fue lo que te sucedió?

El muchacho dudó un instante pero al darse cuenta de que no tenía escapatoria se atrevió a contar.

—Tuve una especie de aparición. Un holograma con forma de dulce niña apareció ante mí. Me mostró como se veía el mundo en el siguiente plano evolutivo y me dijo algunas cosas más que interesantes acerca de quién realmente era yo, al igual que el resto de las personas. También me habló acerca de los pensamientos, la energía que estos producen y también respondió algunas de mis preguntas.

Ana quedó más que sorprendida. Enrique pasó de no querer contarle nada a hacerlo todo de golpe y sin ningún tipo de pausa. Sólo lo observaba intensamente.

—¿Qué piensas? —le dijo al notar que no emitía sonido alguno.

—Con razón no decías nada, se te veía preocupado, pensativo —y continuó…

—Lo que te ha sucedido es un hecho único, nunca había escuchado, o sabido sobre algo semejante, pero de lo que no tengo ninguna duda es de que si alguien en todo el pueblo debía ser elegido para tener dicho encuentro, ese serías tú.

—Gracias ma, me siento muy halagado de haber sido yo, quien tuvo esa aparición pero también siento mucha responsabilidad.

—Es justamente por eso, por cómo te tomas las cosas que te ha tocado a ti tener ese encuentro.

—Te pido por favor que lo mantengas en secreto, ya que es muy reciente y no estoy preparado para contárselo a todos, además no sé como lo van a tomar.

—Quédate tranquilo, por ahora lo mantendremos en secreto hasta que decidas contarlo, ten en cuenta que más allá del apoyo incondicional con el que contás de parte mía, la gente del pueblo te conoce y saben que no inventarías algo así, por lo tanto no tengas miedo de nada.

—¡Gracias ma! ¿Y a ti qué te parece lo que te acabo de contar?

—Me parece hermoso, por alguna razón sucedió, como suceden todas las cosas hijo; estoy muy orgullosa de que te haya pasado a ti, de todas maneras me gustaría que me cuentes más detalles, no sé… Qué te dijo, sobre qué hablaron, qué le preguntaste, qué te respondió…

—Claro, lo voy a hacer, te lo prometo, pero ahora me tengo que ir a trabajar, ya es hora.

Ana sintió que ya había obtenido suficiente y lo dejó ir sin hacerle más preguntas

—¡Ok, hijo cuídate mucho!

Se dieron un beso y Enrique se dirigió hacia su trabajo.

Sintió un gran alivio al contarle sobre lo acontecido a su madre, como una especie de paz interna que no había sentido nunca antes. Pensó que tal vez debería animarse a contárselo a todo el mundo si era necesario, ya que el mensaje no era sólo para él, sino que era para toda la humanidad; además no solo no tenía nada de malo sino que al contarlo podría ayudar y hacer sentir mejor a muchas personas. Hasta el momento le había ido muy bien con las personas a quien le había contado, claro que una de esas personas era su madre y la otra era don Tomás. Por lo pronto todavía necesitaba entender a la perfección el mensaje que el holograma le había dado y además necesitaba ponerlo en práctica sus, ya que a quienes les contase le harían muchas preguntas y debía saber muy bien qué responder. Eso es lo que su sentido de responsabilidad le hacía pensar. Por otro lado no tenía por qué ser así; él podía transmitir su experiencia tal cual había sucedido y que cada uno lo entienda, interprete y asimile como quiera o como pueda.

Mientras pedaleaba en su bicicleta pasó por la puerta de la casa de Yoli quien estaba ahí, presenciando el diluvio con una sonrisa muy grande en su rostro, palpitando los buenos tiempos que se venían. Esa sonrisa representaba a la alegría que todo el pueblo tenía, los tiempos difíciles habían terminado. Se saludaron como siempre hacían cada vez que se veían, se enviaron saludos para sus familias y el muchacho continuó el camino hacia su trabajo.

XXV

Enrique estaba fascinado con la enseñanza que le había dejado el holograma, quería ponerla en funcionamiento y aplicarla inmediatamente, estaba convencido de que funcionaría.

"Todo es creado a través de los pensamientos, cada vez que piensas y actúas creas tu propia realidad"

Sentía que éste era el momento para intentar cambiar las cosas. Continuó pedaleando bajo la lluvia observando todo a su alrededor, árboles totalmente resecos escoltando a los campos en la misma situación, animales mojándose intentando absorber agua de cualquier manera, gente juntándola con tachos o cualquier recipiente que les fuera útil, observó el suelo, este se veía de un tono grisáceo y agrietado por tanta sequedad, el paisaje que se ofrecía era árido, casi desértico al cual solo le faltaban camellos para denotar que se encontraba en alguna zona de esas características del planeta y no en la llanura pampeana, o al menos lo que quedaba de ella. La gravedad de la situación surgía en que de haber camellos transitando por los campos y por el pueblo, éstos no sólo no desentonarían en lo más mínimo con el paisaje ofrecido, sino que además estos animales se encuentran adaptados para vivir bajo este tipo de circunstancias, en cambio los animales autóctonos del pueblo se encontraban viviendo su peor pesadilla, como si existiera un infierno para animales y éstos estuvieran condenados a permanecer en él, con el desconcierto de que el sitio asignado para el mismo no era el centro de la tierra sino su propio lugar de origen.

Se preguntaba si don Tomás habría vivido la misma situación cuando era niño, y si aquella sequía que le había tocado presenciar había sido tan dura como la actual. Quizás los surcos en el rostro del viejo eran un calco del suelo de aquel entonces y el viejo los habría absorbido para llevarlo consigo por el resto de sus días como muestra de lo que había ocurrido y no olvidaría jamás.

El panorama percibido era terrible, aunque con una gran diferencia respecto a días anteriores, estaba lloviendo y la lluvia significaba el milagro más importante que el pueblo podía recibir. Era vitalidad caída del cielo, y de continuar con una seguidilla de estas, el campo se recuperaría y comenzaría un nuevo ciclo para alivio de toda la gente.

Comenzó a transformar a través de su mente las imágenes que apreciaba, una por una. Observaba el campo reseco y se lo imaginaba de un color verde reluciente como nunca había visto; hizo lo mismo con los árboles, estos sin hojas, casi sin vida, ahora los imaginaba tupidos y sus hojas formaban una gran copa. Los animales esqueléticos y de pelaje avejentado, en su mente se veían alegres, en impecables condiciones físicas y con su brillante pelaje significando buena salud. La gente agobiada, descorazonada, con el ánimo por el suelo y con sus sueños devastados, que eran reflejados a través de los empañados vidrios circulares de sus almas, ahora eran personas felices, renovadas, colmadas de proyectos y esperanzas.

El ejercicio comenzó a agradarle y rápidamente se dibujó una sonrisa en su rostro; sentía que era el momento de cambiar las cosas, confiaba ciegamente en las palabras del holograma y comenzaba a ponerlas en práctica.

Detuvo su bicicleta al notar sobre el poniente algo maravilloso que hacía mucho tiempo no veía. El sol asomaba y, como consecuencia, se había formado un hermoso arco iris de colores intensos y nítidos como si él lo hubiera imaginado a través de su mente y lo hubiera colocado ahí, pero esta vez no fue necesario hacerlo. El arco iris irrumpió en el cielo del pueblo dando una agradable sorpresa. Volvió a sonreír mientras observaba la belleza del fenómeno y sus colores; sintió un escalofrío seguido de emoción sin igual, parado sobre su bicicleta como dándole a ésta dos patas de apoyo, miró hacia el cielo y luego cerró los ojos. Gotas de agua caían sobre su frente y su rostro, respiró profundo varias veces, visualizó una luz intensa y brillante de color blanco. La misma descendía rápidamente desde el universo hacia él. La luz se introdujo a través de su frente hasta colmar todo su ser. Continuó respirando profundamente mientras en su mejilla izquierda se reflejaban todos los colores del arco iris. Visualizó como está luz se esparcía través de su cuerpo, iluminando sus huesos, músculos, órganos vitales, su sangre y cada una de las células que componen a un ser humano. La luz se expandió desde los dedos de sus pies hasta llegar a la cabeza para adentrarse y así iluminar su cerebro, hemisferio izquierdo, hemisferio derecho, se iluminó la corteza central que los une, los sesos, el cerebelo, sus neuronas, el cuenco de sus ojos, el cráneo, el cuero cabelludo, su pelo, todo su ser estaba completamente iluminado; desde la punta de los dedos de los pies hasta el pelo más alto de su cabellera. Se vio asimismo todo iluminado, luego comenzó a esparcir su luz hacia su alrededor. Iluminó los árboles moribundos que aún seguían de pie, iluminó el campo, a los animales, las calles, las casas, y a toda la gente. El pueblo se encontraba inmerso en esa luz protectora pura y brillante. Continuó esparciendo su luz hacia los pueblos vecinos, luego hacia otras provincias, para lograr cubrir a todo el país siguiendo su curso como lo hace el agua de un arroyo o un río para luego desembocar en el mar. La intensa luz continuó su camino hasta iluminar todo el continente, siguió con los océanos y el resto de los países; El planeta entero ahora era una bola de intensa y brillante luz, y la misma continúo hasta cubrir el resto de los planetas y luego hacia otras galaxias para terminar iluminando con la misma luz, esa que iluminaba las uñas de los dedos de sus pies, al universo entero.

"Que todos los seres de éste, y de otros universos, sean eternamente felices, llenos de luz, paz y amor".

Luego de pronunciar esas palabras abrió los ojos, extrañado de que éstas hayan salido de su boca. Se quedó un instante observando el arco iris que permanecía intacto en su lugar, y otra vez volvió a sentir esa paz que invadía su plenitud. Al cabo de unos segundos un pensamiento mundano lo hizo regresar.

"Llego tarde".

XXVI

Las lluvias se mantuvieron durante tres días seguidos. Si bien sobre el final éstas eran muy tenues, como lloviznas, ayudaron y mucho para hidratar bien las tierras resecas. El proceso de recuperación tan ansiado por los campesinos, ya había comenzado. La gente estaba al tanto de esto, o por lo menos se ilusionaba con la idea de que así fuera, es por eso que los ánimos mejoraban. Poco a poco iban levantando sus cabezas y recuperando el brillo de sus ojos. El pueblo volvería a ser el mismo, ya que durante todo el tiempo que duró la terrible sequía, nada era igual. La vegetación, los animales y hasta la gente habían cambiado, por lo menos en lo que a su comportamiento y estado de ánimo comprendía.

El pueblo había sido puesto a prueba, como una especie de examen donde tenía que no solo sobrevivir a la adversidad, sino que también debía demostrar capacidad para sortear todos los obstáculos que se le presentaran, cierto temple y por sobre todas las cosas demostrar unidad entre sus habitantes, compañerismo y solidaridad. Habían conseguido pasar por esta prueba y rendir el examen de la vida logrando la máxima calificación. El pueblo estaba de pie con más fuerzas que nunca para afrontar una rápida recuperación y así comenzar a disfrutar los buenos tiempos venideros.

Enrique llegó y comenzó a trabajar depositando semillas en la tierra, pero esta vez mientras lo hacía pensaba que de estas iba a nacer y crecer algo maravilloso, fuerte y lleno de vida. Tal cual le había enseñado el holograma, imaginaba que las iluminaba con su mente y una vez que estas brillaban, derramando una intensa luz, las acomodaba en la tierra. Mientras lo hacía se dibujaba automáticamente una sonrisa en su rostro sabiendo que el éxito estaba garantizado. Repitió la acción durante toda la mañana como parte de su trabajo Al llegar el mediodía almorzó con sus compañeros, conversaron acerca de que al fin vendrían tiempos buenos, y en el momento de descanso se dirigió nuevamente hacia el gran árbol. Se sentó apoyando la espalda en el gran tronco como siempre lo hacía. Notó que la tierra todavía estaba mojada, lo cual era un buen signo. Respiró profundo y pensó que tal vez aparecería la dulce niña nuevamente. Continuó respirando profundamente, se relajó pero nada más sucedió. Estaba muy ansioso esperando algún resultado Abrió los ojos y al notar que nada había ocurrido se levantó para continuar con su trabajo.

El holograma no se hizo presente. Tal vez éste había sido confeccionado solo para aquel encuentro, por lo tanto no volvería a hacerse presente nuevamente. De todas maneras Enrique había tenido la oportunidad de poder escucharlo, aprovecharlo, hacerle preguntas y así lo había hecho. Además estaba poniendo en práctica todo lo aprendido en aquel encuentro y comenzaba a obtener muy buenos resultados.

XXVII

Los buenos tiempos habían venido para quedarse. Las lluvias se registraban en forma frecuente, como si una enorme regadera en el cielo perfectamente sincronizada y automática, regara los campos con la intensidad y con la frecuencia necesaria para que se produjesen las mejores cosechas en la historia del pueblo. Los días corrían y el amarillo pálido generado por la sequía, se iba transformando en un verde intenso, húmedo y lleno de vida. Las mariposas volvieron al pueblo dándole color y alegría al paisaje con su aleteo tan particular. Las abejas que ahora tenían flores para degustar habían comenzado a producir miel. Y ese era otro signo de que el pueblo había vuelto a la normalidad, en poco tiempo ya se notaban grandes cambios. La recuperación corría tan rápida como la ansiedad de la gente para que así suceda.

El día jueves, Enrique terminó de trabajar y se acercó a la casa de don Tomás, como de costumbre.

Golpeó a la puerta y en seguida se escuchó...

—¡Ya voy!

Se abrió la puerta, se dieron un fuerte abrazo y éste lo invitó a sentarse.

—¿Cómo estás hoy? —preguntó don Tomás

—Bien vieji, muy contento. Nos estamos recuperando rápidamente aprovechando al máximo el buen clima que tenemos.

—Claro que sí, esto iba a ocurrir. Sólo era cuestión de tiempo.

—Sí, lo sé. Usted me lo había dicho pero a mí se me hacía difícil pensar en buenos tiempos cuando la realidad era tan dura y todos éramos víctimas de la misma.

—A veces hay que mirar más allá de lo que ven nuestros ojos y sentir que de una u otra manera todo va a estar bien. A propósito... ¿Tuviste otra aparición?

—No vieji, luego de aquella vez, nunca más volví a ver a aquella dulce niña.

—¿Y tú qué piensas al respecto?

—No lo sé, tal vez sólo vino a decirme todo lo que necesitaba saber, o quizás sólo vino a despertarnos, ya que si bien se me apareció a mí, el mensaje fue para todos. ¿Y usted qué piensa vieji? —preguntó en seguida

—Creo que no hay necesidad de que vuelva a aparecer

—¿Y usted cree que todo mejoró debido a su aparición?

—Sólo te voy a decir que el pensamiento es muy poderoso.

Toda la energía que éste desprende es infinita y viaja por todo el universo. Quizás hacía falta que alguien encendiera esta gran fuente de energía positiva para que todo comenzase a mejorar.

—Sí, es verdad. Por eso me gusta tanto hablar con usted. Es una gran fuente de sabiduría.

—No exageres —le dijo sonriendo. Sólo digo lo que me parece.

Se levantó y se dirigió a la estantería de roble, tomó el mazo de cartas y una botella de vino tinto para compartir con el muchacho. Comenzaron una nueva partida, esta vez fue don Tomás quien comenzó ganando. Mientras jugaban, el viejo le preguntó si le había contado a alguien más sobre lo sucedido, a lo que el muchacho respondió que sólo le había contado a su madre. También le preguntó si andaba de romance con alguna chica y éste le respondió que no, que todavía no había encontrado a su media naranja. También hablaron de Alberto, que hacía algunos días que no se lo veía y los dos coincidieron en que si llegara a sentir el rico aroma que desprendía la cocina, vendría inmediatamente.

Don Tomás había comenzado con la preparación de algo rico para comer. Como era su costumbre, cocinaba para más de una persona a pesar de ser el único integrante en esa casa. Siempre alguien iba a visitarlo y no perdería la oportunidad de invitarlo a que se sentara a compartir un plato con él, sobre todos los días jueves, donde su invitado era su amigo Enrique, quien siempre lo felicitaba por la buena mano que éste tenía para la cocina

Esta vez pudieron completar la partida de truco. Quien ganó el juego por un tanto de diferencia, fue Enrique. Luego de cenar, se saludaron con un fuerte abrazo y el muchacho se retiró a su casa, ya que era tarde y al otro día le esperaba una larga jornada de trabajo. Siempre salía deslumbrado de la casa de don Tomás por su sabiduría, su serenidad, su seguridad y trataba de recordar todo lo posible acerca de lo que le decía, ya que era una gran fuente de conocimiento y siempre aprendía algo en cada visita. Pero esta vez no sólo memorizó acerca de lo que conversaron, como para tratar de asimilar todo el conocimiento, sino que también se preguntó:

"¿Quién es don Tomás?"

"Nadie sabe cuántos años tiene. En qué año vino al pueblo, o si siempre estuvo en él"

"Nadie lo vio llegar"

"Pero…. Desde cuándo. Nadie conoce sus orígenes, si alguna vez tuvo familia"

"¿Alguien lo conoció de joven?"

Enrique nunca se hubiera atrevido a preguntarle la edad, por una cuestión de respeto, de todas maneras don Tomás era la persona más antigua del pueblo, por lo tanto nadie podía saber bien sobre sus orígenes, aunque ni siquiera la gente de mayor edad había podido conocer a don Tomás de joven. Sólo era el viejo don Tomás. Y eso era todo lo que se sabía en el pueblo.

Mientras caminaba, observó el cielo repleto de estrellas brillantes. La visual era hermosa y pensaba si se encontraría aquella dulce niña dentro de una de ellas. Siguió caminando y a lo lejos visualizó un papel pegado en un poste. Al acercarse comprobó que era un afiche, el mismo decía:

"Sábado, gran peña en el club social y deportivo".

A los pocos metros, había otro y luego otro más. Se puso muy contento y se dijo a sí mismo:

"No sabía nada, ¿Cómo en que no me enteré?"

Había estado muy ocupado, trabajando, ya que el campo debía recuperarse tan pronto como fuera posible y esto requería de muchas horas de trabajo, eso había provocado que no supiera nada acerca del acontecimiento

Llegó a su casa y ni bien abrió la puerta se encontraba Nikita recibiéndolo como siempre lo hacía. No sabía si estaba ahí sentada esperándolo durante horas o si lograba darse cuenta del momento en que éste llegaba y se acercaba a la puerta para recibirlo. A Enrique este acto le provocaba mucho amor y ternura, se preguntaba…

"¿Cómo lo hace?"

"¿Será su olfato el que detecta cuando estoy llegando?"

"¿Se queda junto a la puerta a esperarme ni bien me voy?"

Más allá de la manera que encontraba para detectar la llegada de Enrique, ella siempre estaba ahí, en la puerta de entrada, esperándolo. Nikita lo saludó inmediatamente al abrir la puerta. Éste la alzó y le dio un beso. Ana se encontraba descansando en su habitación, sabía que era día jueves, por lo tanto el muchacho se encontraba en casa de don Tomás. Enrique cepilló sus dientes y se fue directo a su habitación, detrás lo siguió Nikita.

XXVIII

Al día siguiente terminó de trabajar y fue directamente a la casa de Cachilo para contarle que había visto los afiches de la gran Peña.

—¡No sabes, ayer a la noche vi los afiches de la gran peña, y es este sábado! ¿Tú sabías algo?

—¡Claro! —respondió Cachilo entusiasmado. Traté de avisarte pero no te encontré, supe que estuviste trabajando hasta tarde.

—Sí, es verdad por eso me sorprendí al verlos, no sabía nada.

—Bueno, ahora que ya sabes, ¿Vamos a ir, no?

—¡Por supuesto, ahí estaremos!

En esta ocasión la peña era recibida de mejor manera. Los tiempos habían cambiado y también el ánimo de la gente. Los artistas se preparaban con mucho entusiasmo para dar lo mejor sobre el escenario. Los organizadores, aprovechando este gran momento, habían trabajado muy duro para que esta vez fuese una gran peña. Contrataron a folcloristas de pueblos aledaños para que se unieran a los habituales de lugar. El club estaba adornado como nunca antes. Como imaginaban que esta vez iría todo el pueblo, habían organizado el evento de manera tal que la gente pudiera bailar y divertirse afuera, sobre las calles de tierra como en las viejas y grandes épocas. Esta vez el club sería utilizado solamente para vender comidas y bebidas típicas, mientras que afuera habían montado un gran escenario donde estaría todo el pueblo disfrutando de la gran peña folclórica, esta vez al aire libre.

Enrique se quedó conversando un largo tiempo con su gran amigo. Llegó la hora de la cena y nuevamente la señora Bety lo invitó a compartir la cena con ellos.

—¿Te quedas a comer con nosotros? —le preguntó Bety

—No gracias, me gustaría mucho, pero me tengo que ir a casa.

—¡Pero es que nunca te quieres quedar a comer con nosotros!

—Le pido mil disculpas, sabe qué pasa… Anoche no fui a cenar a casa y hoy sé que mi mamá va a estar esperándome y no quiero dejarla sola otra vez, le prometo que la próxima vez me quedo seguro

—Bueno si es así, está bien. Anda tranquilo.

Enrique Le dio un beso, saludó al pequeño Lucas, quien ya se encontraba sentado junto a la mesa esperando cenar y Cachilo lo acompañó hacia la puerta.

—¿Me pasas a buscar mañana?

—¡Dale, paso a las diez como siempre! Vamos buscar a Alberto y de ahí partimos.

—¡Perfecto! —dijo Cachilo

Se dieron un fuerte abrazo y Enrique se fue hacia su casa.

XXIX

El día sábado llegó, y con él la gran peña folclórica. Durante los días previos se rumoreó acerca del evento, provocando una gran expectativa, a diferencia de la vez anterior, la cual no había sido buena. La gente se encontraba con muchas ganas de festejar por los buenos tiempos que habían llegado, y para quedarse. Por lo tanto asistirían a la gran peña del Pueblo con esa intención. Se podía ver el escenario ya armado, lo que provocaba una cierta ansiedad contagiada entre todos los habitantes. El sol comenzó a caer y la gente de a poco se metía en sus casas a prepararse para la gran noche. Enrique lustró sus zapatos minuciosamente, se puso su mejor camisa, su mejor perfume y antes de salir Ana volvió a elogiarlo. Este le preguntó si también iría, a lo que ella respondió que se quedaría en casa con Nikita.

—¿Por qué no vienes así te distraes un poco? ¡Grandes artistas vana a subir al escenario!

—Lo sé, va a estar genial pero me quedo en casa.

—Mira que si Nikita pudiera, vendría a la fiesta sin falta.

—Ja, ja, ja no me caben dudas. Pero mejor anda y diviértete tú.

—Bueno, si más tarde te dan ganas, nos vemos allá, me gustaría mucho que vinieras —le dio un beso, otro a Nikita y se dirigió a la casa de su amigo, Cachilo.

Llegó y lo atendió la señora Bety, ya que su amigo estaba terminando de cambiarse.

—¡Qué lindo estás! —le dijo la señora con gran afecto.

—Gracias respondió. Me vestí como para estar acorde a la situación, hoy va a ser una gran noche.

—¡Seguro! Y ustedes dos, van a ser los más elegantes.

En eso apareció Cachilo, quien también se había puesto lo mejor que tenía. Su madre le acomodó la camisa y le dijo que estaba hermoso. Ambos saludaron al pequeño Lucas, a la señora Bety y enfilaron hacia la casa de Alberto.

La noche era preciosa. El cielo repleto de estrellas, y luciérnagas que iban y venían decorando aun más lo que sería la gran fiesta popular. Mientras caminaban bajo la cálida luz de la luna conversaban acera de si Alberto estaría durmiendo, como la vez anterior. Llegaron y lo encontraron sentado junto a la mesa bebiendo vino. Su rostro ya había tomado un color rojizo intenso y sobre la mesa se observaban varias botellas de vino vacías.

—¡Hola amigos! —Se levantó para saludarlos

—¡Hola Alberto! Vinimos a buscarte para ir a la fiesta, pensamos que ibas a estar durmiendo.

—La verdad, estaba esperando, si mis amigos no venían a buscarme, me iba a dormir.

—Cómo no íbamos a venir siempre venimos, además no puedes perderte la gran peña folclórica de esta noche —le dijo Enrique.

—Es cierto, anda a cambiarte que te esperamos —agregó Cachilo.

Se levantó contento y fue rápidamente a cambiarse, se puso nuevamente el pantalón del Bamby, se calzó los zapatos de leopardo y se puso una remera que tenía preparada sobre el espaldar de una silla por si pasaban a buscarlo. Antes de salir advirtió:

—¡Miren que yo no tengo plata!

—No hay problema, nosotros te invitamos —dijeron los dos.

—¡Ah bueno, entonces sí, Gracias!

Caminaban los tres por el medio de la calle que los llevaba a la fiesta. Miraron hacia el cielo y los tres coincidieron en que era una noche maravillosa. La temperatura era la ideal y mientras se acercaban se escuchaba de lejos la música que provenía del escenario de la gran peña folclórica.

XXX

Llegaron y si bien todavía era temprano, ya había mucha gente disfrutando el evento. El escenario era imponente y contaba con un gran telón negro que se abría cada vez que presentaban a un artista.

—Bueno amigos, ¿Qué vamos a beber? —se lo escuchó decir a Alberto.

Enrique y Cachilo se miraron y comenzaron a reír. Sabían que es pregunta no tardaría en llegar.

—Espera un momento, recién llegamos —contestó Enrique

—¡Es que tengo sed!

—Bueno, voy a comprar algo —dijo Enrique

—Esta vez voy yo —interrumpió Cachilo.

Entró al club y compró tres sangrías y una docena de empanadas. Adentro se encontró con don Tomás quien había llegado a la Peña temprano y se encontraba comprando también.

—¡Hola Cachilo!

—¡Hola don Tomás! Cómo anda. Qué suerte que vino.

—Estoy recién llegado —contestó quien también estaba vestido en forma elegante.

—Ah bueno, venga con nosotros, afuera están Enrique y Alberto

—Ah, qué bien, dame que te ayudo a llevar las cosas —le dijo don Tomás.

—Gracias —contestó Cachilo y salieron a reencontrarse con sus amigos.

Al verlo, Enrique y Alberto se pusieron muy contentos.

—¡Viniste vieji! —dijeron al unísono

—Cómo no voy a venir, esta es la fiesta del pueblo entero y yo también soy parte, ¿No?

—¡Pero por supuesto! —contestó Enrique

—Vamos a brindar porque vino don Tomás, propuso Alberto. Los tres alzaron sus vasos con sangría y así se generó el primer brindis.

Poco a poco se iba colmando el lugar, llegaba gente de todas partes. Lo hacían caminando como en una procesión. Todos estaban felices, contentos de presenciar una gran fiesta con grandes espectáculos, proveniente de grandes artistas subidos a un gran escenario.

El club, que cumplía la función de buffet, también estaba lleno de gente que lo visitaba para comprar comidas y bebidas típicas y así disfrutar a pleno de la gran peña folclórica. Era como una familia súper numerosa que se reencontraba para festejar un importante evento familiar. Todos se saludaban con todos, los que se veían cotidianamente y los que no también. Ya habían comenzado a bailar y la polvareda se hizo presente como en los grandes bailes del pueblo. También el humo proveniente de las parrillas se hacía notar y abría el apetito de la gente, que se dirigía rápidamente hacia el club para consumir.

Enrique divisó a lo lejos a doña Juana. Se la veía contenta hablando con otros vecinos y disfrutando de la gran fiesta. El presentador tomó el micrófono y comenzó a dialogar con la gente.

—¡Buenas noches, damas y caballeros!

—Bienvenidos a la gran peña folclórica, la gran fiesta del pueblo. Creo que esta vez no faltó nadie, el pueblo entero está acá presente.

—¿Cómo la están pasando?

—¡¡Bieeeen!! —contestó la multitud.

—Me alegra mucho, ya que esta fiesta es de ustedes y para ustedes. Y justamente por eso quiero presentarles a este trío tan conocido por ustedes.

Ellos son: Juan en percusión, Mario en guitarra y voz y Rodolfo en primera guitarra y voz. Recibamos con un fuerte aplauso al grupo...

¡Copenhague!

Una gran ovación se escuchó proveniente de las voces del pueblo entero, y seguido de eso comenzaron a sonar los primeros acordes logrando que la gente comenzara a bailar inmediatamente. Se generó una polvareda aún mayor, bailaban unos con otros sin tener necesidad de buscar pareja. Habían ancianos, jóvenes, niños, y todos bailaban entre sí, plasmando la alegría que existía en el lugar. La gente aplaudía largo tiempo a los artistas cada vez que terminaban una canción y les pedían que no se fuesen y siguieran cantando con ellos, pero había muchos artistas esperando subir, y todos eran ovacionados de igual manera.

En eso... la gente comenzó a abrirse como para dar paso. Era porque venía Yoli corriendo vestida de gitana a sumarse a la peña. Llevaba un pañuelo ajustado a la cabeza y un vestido ancho y largo, el cual levantaba apenas con sus manos. Llegó con mucha alegría y entusiasmo, la gente hizo una ronda y ella se puso a bailar en el medio con gran energía. Esta vez la Peña era todo un éxito.

XXXI

Los números artísticos seguían recorriendo el escenario. Pasaron gauchos con boleadoras, cantautores, folkloristas de todo tipo, payadores, agrupaciones, dúos, tríos y hasta shows cómicos, la gente dejaba de bailar, descansaba un poco y se divertía con las atracciones de dichos cómicos, para luego continuar con algún otro espectáculo musical. La fiesta estaba en todo su esplendor. Enrique y sus amigos continuaban festejando.

En eso, don Tomás saludó a Alberto, lo mismo hizo con Cachilo y se dirigió hacia Enrique.

—¿Se va vieji? —le preguntó éste

—Sí, ya disfruté mucho y vi todo lo que tenía que ver, me voy muy contento a descansar.

—Bueno, está bien, le dijo el muchacho y le dio un fuerte abrazo.

Se quedaron abrasados durante un instante, don Tomás le dio una suave bofetada en el rostro, le guiñó un ojo y le dijo:

—¡Suerte!

Y así se retiró. Enrique lo observaba cuando éste se iba, y mientras lo hacía, trataba de comprender.

En eso interrumpió Alberto...

—¡Amigo, ¿Tomamos otro vino?!

—Bueno está bien, vamos a comprar.

Y se dirigieron los tres al club por más sangrías. Al salir, mientras bebían sus tragos, Enrique vio entre la gente a una muchacha de cara angelical, ojos color miel y cabello castaño claro que parecía estar brillando bajo el sol, a pesar de ser de noche.

Jamás la había visto en su vida. Era tan hermosa que quedó paralizado, como hipnotizado. No podía dejar de observarla. De repente, la muchacha giró hacia él, lo miró fijo a los ojos y le sonrió. Tenía la sonrisa más bella que había podido apreciar hasta ese momento. En ese instante, el universo se detuvo nuevamente. Todo a su alrededor estaba inmóvil, como si fuera un gran decorado. El sonido también se había apagado, todo era silencio. Sólo eran ellos dos montados a un planeta no importaba cuál, ni en qué galaxia se encontraba. Sólo eran ellos dos, no dejaban de mirarse el uno al otro. Ella volvió a sonreír y esta vez el muchacho le devolvió una sonrisa.

Luego de un instante... Volvió el sonido, la música folklórica, la gente bailando y los amigos a su lado. Habían vuelto a la normalidad, por así decirlo. Y ahí estaban los dos, uno frente al otro, apenas a unos metros de distancia.

—Toma Alberto —le dijo a su amigo mientras le entregaba su vaso

—¡Gracias! —respondió éste, asombrado como si le hubieran regalado un cofre conteniendo un valioso tesoro, y Enrique se decidió por ir a hablarle.

—¡Hola!

—Hola respondió ella.

—¿Cómo te llamas?

—Mi nombre es Carmen

—El mío Enrique —y seguido de eso le dio un beso en la mejilla como para presentarse.

—¿Bailas?

—¡Claro! La tomó de la mano y comenzaron a bailar una danza muy típica llamada "el gato". Lo hicieron durante un largo rato, parecían no cansarse nunca, o al menos no les importaba. En un intervalo musical, aprovechó para preguntarle:

—¿De dónde eres? Nunca antes te había visto.

—Soy originalmente de este pueblo —le dijo ella, pero cuando era niña me fui a Buenos Aires para estudiar. Allá también tengo familia, regresé esta semana luego de varios años.

—¡Ah… con razón! no te conocía, de lo contrario hubiera pasado con mi bicicleta todos los días por la puerta de tu casa para saludarte.

—ja, ja, ja —rió Carmen y continuaron bailando.

Los dos estaban muy conectados entre sí. No prestaban demasiada atención a lo que sucedía a su alrededor hasta que en un momento Enrique lo hizo...

Levantó la mirada y para su sorpresa estaba a unos pasos, su madre. Ana había llegado a la peña luego de que Bety y el pequeño Lucas la pasaran a buscar por su casa. La alegría del muchacho era inmensa.

—¿Me disculpas? —Le dijo a la joven Carmen

—Claro

Y se dirigió hacia donde estaba su madre

—¡¡Viniste!! —le dijo con gran entusiasmo

—Sí, Bety pasó por casa y me convenció para que viniéramos a la fiesta.

—¡Y lo bien que hizo! Esta es la fiesta de todo el pueblo y tú no podías faltar

—Bueno, a propósito... Te veo muy bien acompañado.

—Gracias ¿No es hermosa? La acabo de invitar a bailar

—Es muy bella, puedo ver la alegría reflejada en tus ojos

—Sí, puede ser, ¿Y qué te pareció?

—Sólo digo que te veo muy bien acompañado.

Le sonrió, acarició su rostro y le dijo:

—Bueno, vuelve con ella que yo voy a buscar a Bety

—¡Gracias ma! —y volvió hacia donde estaba la joven Carmen.

—¿Esa señora es tu mamá? —le preguntó

—Sí, ¿Como lo sabes?

—Tienen los mismos ojos, son muy parecidos

—Gracias, respondió el muchacho.

Continuaron dialogando mientras sobre el escenario seguían subiendo artistas entregando toda su energía para el deleite de la gente que permanecía disfrutando de la gran noche.

XXXII

Enrique y Carmen estaban muy concentrados en conocerse, por lo cual no prestaban demasiada atención a lo que sucedía sobre el escenario, salvo cuando el presentador, luego de que terminara de tocar una agrupación, tomó el micrófono y se dirigió al centro del mismo. A su lado, lo escoltaba uno de los organizadores de la gran peña.

—¡Señoras y señores, como la están pasando!

—¡¡¡Bien!!! —gritó la multitud.

—¡Me alegra que así sea! Ya que todavía tenemos muchos números por presentar. Hay muchos folkloristas detrás del escenario, cada uno con su arte esperando subir y así lo harán para que todos ustedes sigan disfrutando de esta gran noche

—Pero antes, quiero comunicarles algo

La gente lo escuchaba con mucha atención, los que estaban conversando poco a poco se fueron callando hasta quedar en silencio el último de los murmullos. Todo el pueblo quedó en absoluto silencio y el presentador continuó…

—Quiero decirles que los organizadores del festival han decidido…

El presentador hizo una pausa, le habló al oído al representante de la organización, y continuó...

—Los organizadores de la gran peña folclórica han decidido, y para que esta noche sea memorable, que…

Ya había conseguido captar la atención de toda la gente que estaba intrigada con lo que estaba por decir y que hasta el momento era todo un misterio. Hizo otra breve pausa y continuó con voz muy alta

—Los organizadores de la gran peña han decidido…

—¡¡¡Qué parte de lo recaudado esta noche va a ser destinado a la construcción de un nuevo establo para doña Juana!!!

La emoción que provocó el anuncio del presentador es difícil de describir, sólo basta decir que la gente comenzó a abrazarse unos con otros, algunos lloraban de emoción, otros reían y a otros se les puso la piel de gallina, manifestando la inmensa alegría que habían causado las palabras de aquel presentador. Doña Juana, que se encontraba entre la multitud se arrodilló y tomó su rostro con ambas manos y así comenzó a llorar como una niña. Para ella el establo significaba mucho más que un lugar donde alojar animales. Estaba conmovida, no esperaba semejante sorpresa. En seguida todos comenzaron a felicitarla. Enrique despejó algunas lágrimas de sus ojos con su muñeca rápidamente para que nadie las notara. Carmen no entendía muy bien lo que ocurría, ella no estaba al tanto de lo sucedido anteriormente. De todas maneras, estaba conmovida al ver la emoción de todo un pueblo ante un acto de semejante generosidad y solidaridad.

El pueblo junto a todos sus habitantes había demostrado una vez más que era solidario, compañero, generoso y por sobre todas las cosas que se mantenía unido. Luego del anuncio la fiesta continuó aún con mayor alegría. La gente no paraba de bailar y los folkloristas seguían subiendo al escenario para que ésta no acabase.

Para Enrique la noche era soñada. Todo era perfecto y había superado ampliamente su expectativa. Desde su encuentro con el holograma todo había cambiado, no sólo para él sino también para el pueblo entero. Aquel encuentro había dejado una huella Imborrable en él, pero también y más importante aún, había dejado una enseñanza única que él utilizaría por el resto de su vida. El holograma había despejado todas sus dudas. También había realzado toda su fe para así poder afrontar de la mejor manera los sinsabores de la vida, lograr superarlos y tener la certeza de que tarde o temprano todo se resuelve de la mejor manera. Aprendió a interpretar los mensajes y las señales de la vida. Estas se presentan todo el tiempo y en la mayoría de los casos no se está atento para poder apreciarlas e interpretarlas. El muchacho había podido lograr interpretar estos mensajes y estas señales que nos ofrece la vida todos los días, y todo el tiempo, mientras que antes pasaban por delante de su nariz y no alcanzaba a comprenderlas.

Al principio se asombrada y mucho al poder entender ciertas cuestiones que antes pasaban desapercibidas. Pero con el tiempo las percibían como algo natural. Como aquel que logra leer entre líneas, o puede notar el estado anímico de una persona más allá de que ésta demuestre un comportamiento contrario. Enrique, luego de su encuentro con el holograma, podía descifrar los signos de la vida a través de todas las situaciones que se le presentaran por más pequeñas que éstas sean. Y al poder descifrar esta especie de código de la vida casi indescifrable, podía emprender cualquier cosa que se propusiera y tener éxito.

XXXIII

La fiesta siguió su curso hasta el amanecer. Ya había asomado el sol y la gente continuaba bailando y disfrutando del evento, la gran peña folclórica había tenido una notoriedad sin igual.

El muchacho saludó a Carmen, que ya se retiraba y comenzó a buscar a su madre y a sus amigos. Ana, Bety y el pequeño Lucas se habían ido, al igual que doña Juana. Siguió buscando y a lo lejos logró divisar a Alberto apoyado sobre un poste que lo ayudaba a sostenerse. Se acercó, lo tomó del hombro y éste al reaccionar le dijo con gran entusiasmo:

—¡Amigo! ¿Dónde estabas? Te buscamos toda la noche

—Después te cuento ¿Y Cachilo?

—Fue al baño, ahora viene

Lo esperaron y juntos emprendieron la partida hacia sus casas. Los tres iban abrazados caminando por el medio de la calle, riendo y celebrando la gran noche que había tenido todo el pueblo. El sol los acompañaba, Enrique volvía de la gran peña enamorado, y les contaba que habían acordado volver a verse con Carmen. Le preguntaron a Alberto si tenían que llevarlo a la casa y acostarlo en la cama como la vez anterior a lo que respondió:

—¡Noooo amigos, por favor, eso no hace falta!

Los tres rieron a carcajadas y continuaron la caminata que los llevaba hacia sus casas.

EPÍLOGO

Eran los días más hermosos que se pudieran recordar. Los campos estaban tan relucientes como el muchacho los había podido ver, el pueblo gozaba del mejor momento de toda su historia, así estaba expresado en el rostro de su gente. Los vecinos salían de sus casas a conversar y a hacer compras. Los animales, algunos movían sus colas manifestando su alegría, otros cantaban mientras volaban en lo alto, otros simplemente desplegaban toda su belleza y ternura para el deleite de la gente. Todo transcurría en perfecto orden y armonía. Al pasar por la casa de Yoli, podía apreciarse una torta de manzanas recién horneada descansando en su ventana. La cocina de doña Juana desprendía un aroma a tortas fritas sin igual, mientras que en lo de Ana, a través de la ventana se observaba su cuchara de madera girando lentamente, revolviendo su dulce de leche, único en todo el pueblo. Arriba, en la ventana de la habitación de Enrique se encontraba Nikita sentada observando toda la situación como asegurándose de que todo estuviera en perfecto orden. Observaba a lo lejos el paisaje imponente que ofrecía el atardecer con su cielo totalmente anaranjado significando el ocaso más bonito de los últimos tiempos, observaba algunos rayos de luz, que el sol mientras se escondía seguía desprendiendo, y el resplandor que daba sobre la inmensidad del campo. También observaba con sus pupilas dilatadas, lo que ocurría abajo, en la puerta de su casa. Vecinos contentos conversando, señoras con sus carritos haciendo compras, niños jugando a las escondidas llenos de alegría, riendo y corriendo sin parar; Y pájaros, muchos de ellos y de distintas especies y colores volando y generando una sensación de paz y libertad absoluta. Nikita cerraba lentamente sus ojos y los volvía a abrir. Todo estaba en orden.

Enrique se dirigió el establo para visitar a los caballos de doña Juana. Al salir de su casa, miró hacia la ventana de su habitación y ahí estaba firme Nikita, levantó su mano para saludarla y ella le guiñó un ojo. Decidió ir de a pie para apreciar mejor el paisaje que ahora el pueblo ofrecía. Llegó el establo y allí estaban todos los caballos de doña Juana relucientes, con buena salud y de buen ánimo. También había otros pertenecientes al propietario del lugar en las mismas condiciones. Todos estaban muy bien cuidados. Se acercó y saludó uno por uno a todos los animales. Los acarició y les dijo:

—¡Qué suerte que estén tan bien, eso me deja muy feliz! Doña Juana me contó que también vino a visitarlos, pronto volverán a casa. ¡Están hermosos!

Se quedó algunos minutos con ellos y luego se retiró. Al salir del establo escuchó el relincho de uno de ellos, se dio vuelta y éste le guiñó un ojo. El muchacho sonrió, levantó su mano y siguió caminando hacia la casa de Carmen. Se tomaba estas cuestiones como algo natural, ya no se sorprendía. Siguió caminando con una sonrisa dibujada en su rostro, llegó a la casa de Carmen, abrió la tranquera, golpeó las manos y salió ella con un despliegue de belleza sin igual. Llevaba puesto un vestido blanco y cabello recogido. Al verla, sus ojos se iluminaron, la tomó de la mano y la acompañó a bajar dos escalones. Salieron de la casa y decidieron dar un paseo por el centro del pueblo. Mientras caminaban, el muchacho sintió la necesidad de darse vuelta, sin soltar la mano de su amada giró y miró hacia el cielo donde una estrella se encendió…

Y luego se apagó.

AGRADECIMIENTOS

A Claudio María Domínguez, una intensa luz brillando en medio de tanta oscuridad.

Al universo, que conspira para que todo suceda cómo, y cuando tenga que suceder.

A mi madre, a quien todo se lo debo.

A Nikita por acompañarme durante todo el proceso de escritura.

Al descanso del peregrino en la iglesia de Lourdes, donde escribí algunos capítulos.

A mi Dios.